지구에 마지막으로
남은 시체

지구에 마지막으로 남은 시체

YA
05

레이 브래드버리 소설

이주혜 옮김

PILLAR OF FIRE

아작

1

그는 증오하며 흙더미 밖으로 나왔다. 증오는 그의 아버지요 그의 어머니였다.

다시 걸으니 좋았다. 흙더미에서 뛰어올라 등을 곧추 펴고 양팔을 크게 벌려 깊이 숨을 들이마시려니 좋았다!

그는 숨을 쉬어보았다. 그는 비명을 토해냈다.

숨이 쉬어지지 않았다. 그는 두 팔을 힘껏 위로 뻗으며 숨을 쉬어보려고 했다. 할 수 없었다. 그는 땅 밖으로 나왔고 땅 위를 걸었다. 그러나 그는 죽은 사람이었다. 숨을 쉴 수가 없었다. 입으로 공기를 들이마시고 오랫동안 쉬고 있었던 근육을 힘겹게 움직이면서 억지로 거칠게 절반 정도는 목 아래로 넘길 수 있었다. 게다가 공기가 거의 없어도 소리를 지르고 외칠 수는 있었다! 눈물을 흘리고 싶었지만 나오지는 않았다. 그가 아는 것이라곤 자신이 똑바로 서 있다는 것, 그리고 그는 죽었다는 것, 이렇게 걸어 다녀서는 안 된다는 것이었다! 그는 숨을 쉴 수는 없었지만 서 있었다.

세계의 냄새가 주변에 자욱했다. 그는 절망감을 느끼며 가을의 냄새를 맡아보았다. 가을이 땅을 활활 태워 폐허로 만들고 있었다. 시골 곳곳에 여름이 남기고 간 폐허가 보였다. 거대한 숲에 불꽃이 활짝 피어났고 잎이 다 떨어진 앙상한 가지만 남았다. 불꽃이 피우는 연기는 풍성했고 푸르스름했으며 눈에 보이지 않았다.

그는 증오하며 묘지에 서 있었다. 세계를 가로질러 걸었지만, 맛을 볼 수도 냄새를 맡을 수도 없었다. 대신 들을 수는 있었다. 새로 열린 귀에 바람이 울부짖었다. 그러나 그는 죽어 있었다. 걷는 동안에도 자신이 죽었으며 이 증오스러운 세상에 대해서, 또 자신에 대해서 너무 많은 것을 기대해서는 안 된다는 것을 알았다.

이제 비어버린 자신의 무덤 앞에 우뚝 솟은 묘석을 쓰다듬었다. 거기 적힌 자신의 이름을 알아보았다. 조각을 멋지게 해놓은 묘석이었다.

윌리엄 랜트리

묘석에 그렇게 쓰여 있었다. 그의 손끝이 차가운 돌 표면에 닿아 파르르 떨렸다.

출생 1898년 — 사망 1933년

그는 다시 태어난 걸까?

지금은 몇 년도일까? 고개를 들어보니 한밤중에 뜬 가을별들이 바람 부는 어둠 속에서 반짝이며 느릿느릿 흘러가고 있었다. 그는 수백 년간 기울어왔을 별자리를 읽어보았다. 저건 오리온자리군. 저

것은 마차부자리! 황소자리는 어디 있지? 저기다!

그는 눈을 갸름하게 떴다. 드디어 그의 입술이 연도를 말했다.

"2349년이군."

홀수였다. 학교 수학 시간이 떠올랐다. 오래전 인간은 백이 넘는 숫자까지 살 수 없다고 했다. 백이 넘으면 모든 게 지나칠 정도로 추상적으로 되어버리기 때문에 수를 헤아려봐야 소용이 없었다. 그런데 지금은 2349년이었다! 분명한 숫자였고 헤아림이었다. 게다가 그는 지금 여기에 있었다. 증오스러운 어두운 관 속에 누워 매장당한 사실을 증오하고 흙더미 위를 계속 살아간 사람들을 수백 년간 증오하다가 오늘 증오로부터 다시 태어나 갓 파헤친 자신의 무덤 옆에, 신선한 흙냄새 곁에 서 있는 남자가 되어. 그러나 그는 냄새를 맡을 수가 없었다! 그는 바람에 흔들리는 미루나무를 향해 말했다.

"나는 시대착오적인 사람입니다."

랜트리는 희미하게 웃었다.

랜트리는 묘지 안을 둘러보았다. 묘지는 춥고 텅 비어 있었다. 모든 비석이 뽑혀 나가 저 멀리 쇠 울타리 옆 한구석에 납작한 벽돌처럼 차곡차곡 쌓였다. 묘지 철거작업은 지난 2주 동안 계속되었다. 랜트리는 깊숙한 자신의 관 속에서 일꾼들이 차가운 삽으로 땅을 파헤치고 관을 뜯어내서 시들어버린 시체를 소각장으로 옮기는 냉혹하고 거친 소리를 들었다. 관 속에서 공포로 몸을 뒤척이며 그들이 오기를 기다렸다.

일꾼들은 오늘 랜트리의 관에 도착했다. 그러나 시간이 너무 늦어버렸다. 관뚜껑 위로 3센티미터 남은 지점까지 파 내려갔는데 작업종료 시각인 5시를 알리는 종이 울렸다. 이제 집으로 돌아가 저녁을 먹을 시간이었다. 일꾼들은 묘지를 떠났다. 외투를 걸치며 내일은 일을 모두 마무리할 거라고 말했다.

빈 묘지에 다시 정적이 드리웠다.

조심스럽고도 가만히 흙이 살짝 흔들리며 관 뚜껑이 열렸다.

윌리엄 랜트리는 이제 지상의 마지막 묘지에서 몸을 떨며 서 있었다.

"기억하나?"

랜트리는 갓 파헤친 흙더미를 보며 스스로 물었다.

"지구에 마지막으로 남은 남자 이야기를 기억해? 홀로 폐허를 떠돌던 사람의 이야기를? 이제 너, 윌리엄 랜트리가 옛이야기를 시작해보시지. 넌 이 세상을 통틀어 마지막으로 남은 죽은 사람이니까!"

더는 죽은 사람이 없었다. 어느 땅 어디에도 죽은 사람은 없었다. 말도 안 돼! 랜트리는 이 말에 웃지 않았다. 상상력이라곤 찾아볼 수 없고 오직 살균된 세척과 과학적 방법론만 존재하는 이 어리석은 불모의 시대에는 그 '말도 안 되는 일'이 존재했다. 물론 이 시대에도 사람들은 죽는다. 그러나 죽은 사람들은 어떻게 될까? 시체는? 그것들은 더 이상 존재하지 않는다!

죽은 사람들에게 어떤 일이 벌어지기에?

묘지는 언덕 위에 있었다. 윌리엄 랜트리는 검게 불타는 밤을 가로질러 묘지 가장자리까지 걸어가 새로워진 살렘 시를 내려다보았다. 저 멀리 색색의 조명이 가득했다. 로켓이 불꽃을 내뿜으며 도시 위로 날아올라 지구 곳곳의 머나먼 항구로 향했다.

그가 묻혀 있는 동안 미래 세계의 새로워진 폭력성은 땅으로 내려와 윌리엄 랜트리에게 스며들었다. 그는 오랫동안 그 속에 잠겨 있었다. 그는 죽은 사람이었지만 그 모든 것을 잘 알고 증오했다.

무엇보다 그는 어리석은 미래인들이 죽은 사람을 어떻게 처리하는지 알고 있었다.

그는 눈을 들어 바라보았다. 도시 한가운데에 거대한 돌 손가락이 쭉 뻗어 별을 가리키고 있었다. 가로 15미터, 높이 90미터의 손가락에는 널찍한 입구가 있고 그 앞으로 진입로까지 뻗어 있었다.

이론적으로는 도시에 죽어가는 사람들이 있을 것이다. 언젠가는 그 사람들도 죽을 것이다. 그러면 어떻게 될까? 맥박이 멈추고 몸이 싸늘하게 식자마자 화려한 일필휘지로 확인증이 작성되고 가족은 딱정벌레 모양 자동차에 그를 태워 재빨리 그곳으로 향할 것이다.

소각로로!

저기 별들을 가리키는 기능적인 손가락, 불의 기둥이 바로 소각로다. 소각로라니 얼마나 끔찍한 이름인가. 그러나 이 미래 세계에서 사실은 사실일 따름이다.

불을 지피는 장작처럼 죽은 사람은 아궁이로 던져질 것이다.

운반로로!

윌리엄 랜트리는 거대한 피스톨의 끝이 별들을 향해 뻗어가는 것을 보았다. 굴뚝 꼭대기에서 작은 연기가 피어올랐다.

죽은 자들이 향하는 곳이었다.

"조심해, 윌리엄 랜트리."

그는 혼잣말을 중얼거렸다.

"너는 마지막으로 남은 자야. 희귀품목, 최후의

죽은 자라고. 지구의 모든 묘지가 파헤쳐졌어. 여긴 마지막 묘지고, 너는 수백 년을 통틀어 마지막으로 남은 시체야. 여기 사람들은 걸어 다니는 시체는 고사하고 시체가 존재한다는 사실조차 믿지 않아. 쓸모없는 것들은 모두 성냥개비처럼 던져지지! 미신도 함께 버려졌고!"

그는 도시를 바라보았다.

괜찮아. 그는 조용히 생각했다.

나는 너희를 증오하니까 너희도 나를 증오하겠지. 그러지 않더라도 나의 존재를 알게 되면 곧 나를 미워하게 될 것이다. 너흰 더 이상 뱀파이어니 유령 따위를 믿지 않지. 그런 것들은 다 거짓말이라고, 너희는 외치지! 너흰 코웃음을 치며 그것들을 비웃어. 괜찮아. 실컷 비웃으라지. 솔직히 나도 너희를 믿지 않으니까! 나는 너희가 싫어! 너희도 너희의 소각로도!

그는 몸을 떨었다. 그 모든 일이 얼마나 가까운 곳에서 자행되었던가. 하루가 멀도록 일꾼들이 찾아와 시체를 무덤 밖으로 끌어내 불쏘시개처럼 태웠다. 전 세계에 칙령이 전달되었다. 관 속에서 일꾼들이 말하는 소리를 들었다.

"묘지를 깨끗이 비워버린다니, 좋은 생각 같아."

한 남자가 말했다.

"나도 그렇게 생각해."

다른 남자가 말했다.

"매장은 정말 소름 끼치는 관습 아닌가? 땅에 묻힌다니 상상도 하기 싫어. 그 세균은 어떡할 거야? 위생에 좋지 않아!"

"정말 부끄러운 일이지. 그런데 이렇게 오랜 세월이 흐르는 동안 이 묘지 한 군데만 건드리지 않고 남겨두었다는 사실이 조금은 낭만적이지 않아? 다른 묘지들은 일찌감치 청소했잖아. 그게 언제였지, 짐?"

"대략 2260년일 거야. 맞아, 2260년! 거의 백년 전 일이군. 그때 살렘 시의회에서 잘난척하면서 말했지. '여길 보시오. 야만인의 관습을 잊지 말자는 취지로 여기 단 한 군데의 묘지는 남겨두기로 합시다.' 그 말에 정부는 머리를 긁적이며 생각을 해보더니 맞장구쳤지. '좋소. 여긴 살렘이니까. 하지만 다른 묘지는 전부 없애는 거요. 알겠소?'"

"그리고 전부 사라져버렸지."

짐이라는 남자가 말했다.

"증기 삽과 로켓 청소기를 동원해 모든 묘지를 빨아들였어. 누가 목장에 묻혀 있다는 소리를 들어도 가서 정리해버렸지. 정말 모든 묘지를 파헤쳤어. 조금 잔인할 정도야."

"그래. 이런 말 하면 구식이라고 하겠지만, 여전히 이 묘지엔 관광객들이 제법 찾아와. 진짜 묘지가 어떻게 생겼는지 보려고 말이야."

"맞아. 지난 3년간 방문객만 백만 명에 육박하더군. 쏠쏠한 수입원이지. 그래도 정부의 명령은 따라야지. 정부는 더 이상 건전하지 못한 시설을 유지할 수 없으므로 이 묘지도 없애라고 했어. 자, 다시 일이나 시작하자고. 그 삽 좀 건네주겠어, 빌?"

✳

　윌리엄 랜트리는 언덕 위에 서서 가을바람을 맞고 있었다. 다시 걸으며 바람을 느끼니 좋았다. 나뭇잎이 생쥐들처럼 눈앞의 길 위를 허둥지둥 달아나는 소리를 듣는 것도 좋았다. 차가운 별들이 바람에 날리듯 흘러가는 모습을 바라보는 것도 좋았다.

　다시 공포를 느끼게 된 것조차 좋았다.

　그의 마음속에서 공포가 솟구쳤고, 그 감정을 지울 수가 없었다. 그는 걷고 있다는 사실만으로 이 사회에 적이 되었다. 이 세상을 통틀어 도움이나 위로를 기대할 친구도 없었다. 다른 죽은 자는 하나도 남아 있지 않았다. 이 세계는 드라마처럼 오로지 한 사람을 향해 등을 돌리고 있었다. 그 사람은 바로 윌리엄 랜트리. 이곳은 어두운 가을 언덕에 검은 양복 차림으로 서 있는 남자를 배척하는 곳, 뱀파이어를 믿지 않는 곳, 시체를 태우고 묘지를 전멸시키는 세계였다. 그는 싸늘하게 식은 창백한 손을 들어 도시의 조명을 가리켰다. 너희는 이 뽑듯이 비석을 뽑아버렸어. 그러니 나 역시 너희의 소각로를 무너뜨려 잡석 더미로 만들어버릴 테다. 나는 다시 죽은 자들을 만들 것이고 그들을 친구로 삼을 것이다. 나 혼자 외롭기는 싫다. 나는 곧 친구를 만들기 시작할 것이다. 바로 오늘 밤부터.

"전쟁을 선포한다."

그는 말하고 웃음을 터뜨렸다. 한 남자가 온 세상을 향해 전쟁을 선포하다니, 꽤 어리석은 일이었다.

세계는 대답하지 않았다. 로켓이 불꽃을 그리며 하늘을 가로지르자 마치 소각로가 날개를 활짝 편 것 같았다.

발소리가 들렸다. 랜트리는 얼른 묘지 가장자리로 갔다. 작업을 마무리하러 일꾼들이 돌아왔나? 아니다. 그냥 한 남자가 지나가고 있었다.

남자가 묘지 정문을 지나 걸어가자 랜트리가 재빨리 앞으로 걸어 나갔다.

"안녕하세요."

남자가 웃으며 인사를 건넸다.

랜트리는 남자의 얼굴을 쳤다. 남자는 쓰러졌다. 랜트리는 조용히 허리를 숙여 손날로 남자의 목에 치명타를 안겼다.

그늘로 시체를 끌고 가 옷을 벗기고 그 옷으로 갈아입었다. 옛날 옛적 옷을 입고 미래 세계를 돌아다닐 수는 없었다. 랜트리는 남자의 외투에서 조그만 주머니칼을 찾았다. 정확히 말해 칼은 아니었지만 제대로 다룰 줄만 알면 충분히 칼처럼 쓸 수 있을 것 같았다. 그는 사용법을 알았다.

그는 이미 파헤친 무덤 하나에 시체를 굴려 넣었다. 삽으로 흙을 덮어 시체를 감췄다. 시체가 발견될 가능성은 거의 없었다. 일꾼들은 한 번 판 무덤을 두 번 파헤치지 않을 것이다.

그는 금속성 재질로 된 헐렁한 정장을 입고 매무새를 만졌다. 좋다, 좋아.

그는 증오하면서 이 세상과 전투를 벌이려고 도시를 향해 걸었다.

2

소각로 입구는 열려 있었다. 그곳은 닫히는 적이 없다. 입구는 넓고 어딘가 숨어 있는 조명이 밝게 비추고 있었다. 앞에 헬리콥터 착륙장과 딱정벌레 자동차 진입로가 있었다. 도시 자체는 하루치 발전기를 돌리고 나서 잠들었다. 빛은 희미해졌고, 도시에서 유일하게 환한 빛이 밝혀진 곳은 소각로뿐이었다. 소각로라니, 이 얼마나 실용적이기만 한 이름인가. 낭만이란 눈을 씻고 찾아봐도 보이지 않았다.

윌리엄 랜트리는 조명이 환하게 밝혀진 넓은 입구로 들어갔다. 말이 입구지, 열거나 닫는 문이 없었다. 사람들이 이곳을 통해 소각로를 드나들었지만, 여름이나 겨울이나 안쪽은 늘 따뜻했다. 늘 불길이 높이 타오르며, 그 불길은 회오리바람처럼 굴뚝을 지나 하얀 재를 15킬로미터 밖까지 날려 보내는 프로펠러와 제트송풍기가 있는 곳까지 솟구치기 때문에 소각로 안은 따뜻했다.

빵을 굽는 듯한 온기가 느껴졌다. 홀에는 고무로 된 모자이크 무늬 마루가 깔려 있어서 소리를 내고 싶어도 낼 수가 없었다. 어딘가 숨겨진 스피커를 통해 음악이 흘러나왔다. 장송곡은 전혀 아니었고 소각로 안에 태양이 산다느니, 소각로는 태양의 형제라느니, 하는 활기찬 노래였다. 벽돌을 쌓아 만든 묵직한 벽 안에서 불꽃이 솟구치는 소리가 들렸다.

랜트리는 경사로를 따라 내려갔다. 그때 뒤에서 무슨 소리가 들렸다. 돌아보니 입구 앞에 딱정벌레차가 멈춰 섰다. 종이 울리자 신호처럼 음악이 절정을 향해 치달았다. 기쁨이 가득한 음악이었다.

뒤로 열리게 되어 있는 딱정벌레차에서 직원 몇명이 금빛 관을 들고 내렸다. 180센티미터 길이의 관 위에는 태양을 상징하는 그림이 새겨져 있었다. 또 다른 딱정벌레차에서 관에 누운 남자의 가족이 내렸다. 직원들이 먼저 금빛 관을 들고 경사로를 내려가자 가족이 뒤를 따랐다. 경사로를 내려가자 제단이 나왔다. 제단 옆에는 이런 글귀가 적혀 있었다.

우리는 태양에서 태어나 태양으로 돌아갈지니.

제단 위에 금빛 관을 올려놓자 음악이 절정을 향해 솟구쳤다. 제단을 지키던 경비원이 짧막하게 몇 마디를 하자 직원들이 금빛 관을 들고 투명 벽으로 걸어가 역시 투명한 잠금장치를 열었다. 금빛 관이 유리 틈으로 들어갔다. 잠시 후 안쪽의 잠금장치가 열리더니 관은 굴뚝 안으로 들어가 곧바로 불길 속으로 사라졌다.

직원들이 뒤로 물러났다. 가족은 말 한마디 없이 돌아서서 소각로 밖으로 나갔다. 음악이 흘러나왔다.

랜트리는 유리로 된 잠금장치 쪽으로 다가갔다. 유리벽 너머에서 절대로 멈추지 않고 이글거리는 거대한 소각로의 심장을 들여다보았다. 불꽃은 깜박이지도 않고 꾸준하게 타올랐고 짐짓 평화롭게 노래했다. 불길은 너무도 견고해 마치 지구에서 하늘을 향해 위로 흐르는 황금빛 강물 같았다. 그 강물로 흘려보낸 것은 뭐든지 위로 타올라 사라졌다.

랜트리는 이 괴물과도 같은 소각용 불길을 향해 설명할 길 없는 증오를 느꼈다.

그의 곁으로 한 남자가 다가왔다.

"무엇을 도와드릴까요, 선생님?"

"예?"

랜트리는 불쑥 몸을 돌리고 다시 물었다.

"방금 뭐라고 했습니까?"

"제가 도와드릴 일이라도 있습니까?"

"아…."

랜트리는 재빨리 경사로와 입구 쪽을 훑어보았다. 양옆으로 늘어뜨린 손이 덜덜 떨리고 있었다.

"제가 여길 처음 와봤습니다."

"처음 오셨다고요?"

직원이 깜짝 놀랐다.

그는 말실수했다는 걸 깨달았다. 그러나 이미 뱉은 말이었다.

"아, 제 말은요. 어릴 때 오고 안 왔다는 말입니다. 그땐 주의 깊게 살펴보지 않았으니까요. 오늘 밤 문득 소각로에 대해 잘 모른다는 생각이 들더군요."

직원이 빙그레 웃으며 대답했다.

"어떤 것이든 완벽하게 알 수는 없는 법이죠. 제가 기꺼이 이곳을 안내하겠습니다."

"아, 아닙니다. 신경 쓰지 마세요. 여긴, 정말 멋진 곳이네요."

"그렇죠?"

직원의 표정에 자부심이 스쳤다.

"저는 여기가 세계에서 가장 멋진 곳이라고 생각합니다."

랜트리는 뭔가 더 설명해야 할 것 같았다.

"어렸을 때 친척이 거의 없었어요. 사실 한 명

도 없죠. 그래서 이곳에도 아주 오랜만에 와 보았답니다."

"그랬군요."

직원의 얼굴이 다소 어두워졌다.

내가 지금 무슨 말을 하는 거지? 랜트리는 생각했다. 도대체 어디서부터 잘못된 거지? 내가 무슨 짓을 한 거야? 조심하지 않으면 저 괴물 같은 불의 덫으로 밀려들어 가고 말 거야. 저 친구 얼굴이 왜 저렇지? 왠지 평소보다 더 많은 관심을 보이는 것 같아.

"혹시 화성에서 돌아온 지 얼마 안 되는 분은 아닌가요?"

직원이 물었다.

"아닙니다. 그런데 그건 왜 묻지요?"

"별일 아닙니다."

직원이 걷기 시작하며 말을 이었다.

"궁금한 게 있으면 언제든지 물어보십시오."

"한 가지 있습니다."

랜트리가 말했다.

"그게 뭐죠?"

"이거요."

랜트리는 깜짝 놀랄 속도로 직원의 목을 내리쳤다.

그는 좀 전에 매의 눈으로 불의 덫이 어떻게 작동하는지 살펴보았다. 이제 그는 품 안에 축 늘어진 시체를 안고 따뜻한 바깥쪽 잠금장치를 열고 안에 시체를 밀어 넣었다. 음악이 솟구쳐 오르며 안쪽의 잠금장치가 열렸다. 시체는 불의 강물에 던져졌다. 음악이 조용해졌다.

"잘했어, 랜트리, 잘했어."

★

거의 즉시 또 다른 직원이 방으로 들어왔다. 직원의 얼굴에 흡족한 흥분의 표정이 떠올랐다. 직원은 누군가를 찾는 듯이 주위를 둘러보다가 랜트리 쪽으로 걸어왔다.

"무엇을 도와드릴까요?"

"그냥 구경 좀 하려고요."

랜트리가 말했다.

"밤이 늦었습니다만."

직원이 말했다.

"잠이 통 오질 않네요."

그것도 틀린 대꾸였다. 이 세계에서는 누구나 잠을 잘 잔다. 불면증을 앓는 사람은 없었다. 여기선 잠이 안 올 때 수면 광선을 켜기만 하면 60초 후에 바로 코를 골았다. 아, 말실수가 너무 많았다. 우선 소각로에 처음 와봤다고 말하는 치명적인 실수를 저질렀다. 이 세계 아이들은 네 살만 되면 매년 소각로로 견학을 와 청결한 화장과 소각로에 대한 사상을 주입받았다. 죽음은 밝은 불이자 따뜻함이요, 태양이었다. 죽음은 어둡고 그늘진 것이 아니었다. 그들은 그 점을 중요하게 가르쳤다. 그는 창백한 얼간이가 되어 아무 생각 없이 무지한 말을 입 밖에 내고 말았다.

또 한 가지 그의 얼굴이 창백하다는 점도 문제였다. 그는 자기 손을 내려다보고 이 세계에는 창백한 사람이 존재하지 않는다는 사실을 깨닫고 두

려움에 휩싸였다. 사람들은 그의 창백한 낯빛을 보고 의심을 할 것이다. 그래서 처음 만난 직원도 "혹시 화성에서 돌아온 지 얼마 안 되는 분은 아닌가요?"라고 물었던 것이다. 지금 그의 눈앞에 있는 직원의 얼굴은 구리 동전처럼 깨끗하고 밝게 빛났고 뺨에는 건강하고 활기찬 붉은 기운이 돌았다. 랜트리는 얼른 창백한 손을 주머니 속에 감추었다. 그러나 직원의 얼굴에는 벌써 탐색하는 표정이 떠올랐다.

"아, 그러니까 제 말은 잠이 안 온다는 게 아니라, 잠을 자고 싶지 않았다는 말입니다. 생각하고 싶은 게 있었거든요."

랜트리가 말했다.

"좀 전에 장례식이 있었나요?"

직원이 주위를 둘러보며 말했다.

"모르겠군요. 저도 방금 들어왔거든요."

"소각로 잠금장치가 열렸다 닫히는 소리를 들은 것 같아서요."

"모르겠군요."

랜트리가 말했다.

직원이 벽에 달린 버튼을 누르고 말했다.

"앤더슨?"

목소리가 대답했다.

"예."

"사울이 어디 있는지 확인 좀 해주겠나?"

"통로마다 전화를 걸어보겠습니다."

잠시 후 앤더슨이 말했다.

"찾을 수가 없습니다."

"고맙네."

직원은 어리둥절해했다. 그리고 코를 킁킁대며 냄새를 맡았다.

"무슨 냄새가 나지 않습니까?"

랜트리도 코를 킁킁거렸다.

"아무 냄새도 안 나는데요? 왜 그러십니까?"

"무슨 냄새가 납니다."

랜트리는 주머니 속에서 칼을 찾아 쥐었다. 그는 기다렸다.

"어렸을 적에 말입니다. 들판에 암소 한 마리가

죽어 자빠져 있는 걸 발견했어요. 뜨거운 태양 아래 이틀이나 거기 방치되어 있었죠. 그때 맡았던 냄새가 납니다. 어디서 이런 냄새가 나는지 모르겠네요."

직원이 말했다.

"아, 그 냄새가 뭔지 저도 압니다."

랜트리가 조용히 말했다. 그러고는 주머니에서 손을 꺼내 내밀었다.

"여기요."

"이게 뭐죠?"

"물론 접니다."

"당신이요?"

"저는 몇백 년 동안 죽어 있었죠."

"농담도 참 이상하게 하시는군요."

직원이 어리둥절해했다.

"몹시 이상하죠."

랜트리가 칼을 꺼내며 직원에게 물었다.

"이게 뭔지 압니까?"

"칼이잖습니까."

"사람을 향해 칼을 써본 적이 있습니까?"

"무슨 뜻이죠?"

"제 말은 칼이나 총이나 독으로 사람을 죽여본 적이 있느냐는 겁니다."

"정말 이상한 농담을 하시는군요!"

남자는 거북하게 웃었다.

"나는 당신을 죽일 겁니다."

랜트리가 말했다.

"누구도 사람을 죽이지 않습니다."

직원이 말했다.

"더 이상 죽이지 않는다는 말이겠죠. 예전에는 죽였습니다."

"그건 저도 압니다."

"삼백 년 만에 첫 살인으로 기록될 겁니다. 저는 방금 당신 친구를 죽였습니다. 그리고 소각로 잠금 장치 안쪽으로 그를 밀어 넣었죠."

그 말이 바라던 효과를 낳았다. 직원은 완전히 얼어붙었다. 얼마나 철저하게 충격을 주었는지 랜트리가 다가가는 동안에도 남자는 꼼짝도 하지 못했다. 그는 직원의 가슴에 칼을 댔다.

"나는 당신을 죽일 겁니다."

"어리석은 짓이에요."

남자는 마비된 채 말했다.

"사람들은 살인하지 않아요."

"이렇게 죽일 겁니다."

랜트리가 말했다.

"이제 알겠습니까?"

칼이 직원의 가슴으로 쑥 들어갔다. 남자는 잠시 칼을 빤히 보고만 있었다. 랜트리는 쓰러지는 남자의 몸을 붙잡았다.

3

아침 6시, 살렘 시의 소각로가 폭발했다. 거대한 불의 굴뚝이 수만 조각으로 깨지더니 땅으로, 하늘로, 잠자는 이들의 지붕으로 흩어졌다. 화재가 잇달아 일어났고 폭발음이 들려왔다. 가을이 언덕의 나무를 불태울 때보다 훨씬 더 큰 불이었다.

소각로가 폭발하는 시간에 윌리엄 랜트리는 현장에서 10킬로미터쯤 떨어진 곳에 있었다. 그는 거대한 불길이 일어나 도시 전체로 퍼지는 것을 보았다. 그는 고개를 흔들며 조금 웃었고 신나게 손뼉도 쳤다.

일은 비교적 간단했다. 살인은 먼 옛날 야만인들이나 저질렀고 지금은 사라진 관습이라고 배운, 살인의 존재 자체를 믿지 않는 사람들을 죽이며 돌아다녔다. 일단 소각로 통제실로 들어가 물었다.

"이 소각로는 어떻게 작동합니까?"

미래 세계 사람들은 오직 진실만을 말하고 거짓말은 거의 하지 않으며 거짓말을 할 이유도 거짓말로 대응할 위험도 없었기 때문에 통제실 직원은 그의 질문에 순순히 대답했다. 이 세계에서 범죄자는 단 한 명뿐이었는데, 아직은 아무도 '그'의 존재 자체를 몰랐다.

오, 정말이지 믿을 수 없을 정도로 아름다운 설정이었다. 통제실 직원은 그에게 소각로가 어떻게 작동하는지, 어느 정도의 압력으로 가스의 흐름을 통제해야 불길이 연통을 통해 위로 올라가는지, 어떤 레버를 조정하고 재조정해야 하는지 기꺼이 알려주었다. 통제실 직원은 기꺼이 랜트리와 대화를 나누었다. 쉽고 자유로운 세계였다. 사람들은 서로를 신뢰했다. 잠시 후 랜트리는 통제실 직원을 칼로

찔렀고 30분 후 과부하가 걸리도록 압력 수치를 설정한 다음 휘파람을 불며 소각로를 빠져나왔다.

잠시 후 폭발이 일어났고 하늘은 거대한 검은 구름으로 뒤덮였다.

"이제 시작일 뿐이야."

랜트리는 하늘을 보며 말했다.

"이 세계에 도덕을 모르는 자가 돌아다닌다는 의심을 하기도 전에 다른 소각로도 전부 무너뜨릴 거야. 저들은 나 같은 변종이 왜 생겼는지 설명하지 못하겠지. 나는 그들의 이해 범위를 벗어나 있으니까. 나는 이해할 수 없고 불가능한 존재이므로 존재하지 않는 것과 같아.

맙소사, 나는 이 세계에 살인이 다시 등장했음을 깨닫기도 전에 수십만 명은 죽일 수 있어. 매번 우발적인 살인으로 보이게 할 수도 있어. 와, 정말이지 믿을 수가 없을 정도로 거창한 계획이로군!"

불길이 도시를 활활 태웠다. 그는 아침이 올 때까지 나무 아래에 앉아 있었다. 그러다 언덕에 동굴을 하나 발견하고 들어가 잠을 청했다.

＊

그는 갑자기 일어난 불 꿈을 꾸다 잠에서 깨어 났다. 저녁놀이 붉게 번져 있었다. 자신이 굴뚝 속 으로 빨려 들어가 불길에 의해 조각조각 잘려 깨끗 하게 타버리는 모습을 보았다. 그는 동굴 바닥에 앉아 혼자 웃었다. 좋은 생각이 떠올랐다.

그는 도시로 걸어 내려가 오디오 부스로 들어 갔다. 그는 교환원을 불렀다.

"경찰서를 연결해주세요."

"다시 말씀해주시겠어요?"

교환원이 말했다.

그는 다시 말했다.

"법률수호단이요."

"평화통제부를 연결해드리겠습니다."

마침내 교환원이 말했다.

그의 마음속에서 작은 시계가 돌아가듯 공포가 째깍거리기 시작했다. 만약 교환원이 '경찰서'라는 단어가 시대착오적이라는 사실을 눈치채고 이곳의 오디오 부스 번호를 알아내 누구라도 보내 조사해보게 한다면? 아니다. 그렇게 하지 않을 것이다. 교환원이 왜 의심을 하겠는가? 이 문명에는 편집증이 존재하지 않는다.

"예, 평화통제부요."

그가 말했다.

잡음이 들리고 잠시 후 한 남자의 목소리가 들렸다.

"평화통제부의 스티븐입니다."

"살인 담당 부서를 바꿔주십시오."

랜트리가 웃으며 말했다.

"뭐라고요?"

"살인사건은 누가 담당합니까?"

"다시 한번 말씀해주시겠습니까? 무슨 말씀인지 모르겠는데요."

"제가 전화를 잘못 걸었군요."

랜트리는 껄껄 웃으며 전화를 끊었다. 그렇다. 살인 담당 부서 같은 것은 존재하지도 않는다. 살인도 없다. 그러므로 형사도 필요 없다. 완벽하다,

완벽해!

오디오가 울렸다. 랜트리는 머뭇거리다가 전화를 받았다.

"여보세요."

수화기 너머 목소리가 물었다.

"당신은 누구입니까?"

"전화한 사람은 방금 떠났어요."

랜트리는 말하고 다시 끊었다.

그는 뛰었다. 그들은 랜트리의 목소리를 알아들었을 것이고 어쩌면 누군가를 보내 조사할지도 모른다. 여기 사람들은 거짓말을 하지 않는다. 그는 방금 거짓말을 했다. 그들은 그의 목소리를 알고 있다. 그는 거짓말을 했다. 거짓말을 한 사람은 정신과 의사를 만나야 한다. 그들은 그가 왜 거짓말을 하는지 알아보려고 그를 데리러 올 것이다. 그를 의심할 다른 이유는 없었다. 그러므로 그는 달아나야 한다.

지금부터 몹시 조심스럽게 행동해야 한다. 그는 이 세계의 반듯하고 진실한 도덕에 대해서는 아무

것도 몰랐다. 그는 단지 창백해 보이는 것만으로도 의심을 받았다. 밤에 잠을 자지 않는 것만으로도 의심을 받았다. 목욕을 하지 않는 것으로도, 죽은 소의 냄새를 풍기는 것으로도 의심을 받았다. 무엇으로도 의심을 받을 수 있었다.

도서관에 가야 한다. 그러나 그것 역시 위험했다. 오늘날 도서관은 어떤 모습일까? 그곳에는 책이 있을까? 아니면 화면에 책 내용을 띄우는 필름이 있을까? 혹시 집집마다 도서관이 있어서 커다란 공공도서관을 운영할 필요가 없어진 건 아닐까?

그는 운에 맡기기로 했다. 오래된 용어를 사용했다가 또 의심을 받을 수도 있었지만, 그가 다시 나온 이 불쾌한 세계에 대해 배워야 했다. 그는 거리에서 한 남자를 불러 세웠다.

"도서관이 어디입니까?"

남자는 놀라지 않았다.

"동쪽으로 두 블록, 북쪽으로 한 블록 가세요."

"고맙습니다."

아주 간단했다.

그는 몇 분 후 도서관으로 들어갔다.

"무엇을 도와드릴까요?"

그는 도서관 사서를 바라보았다. 무엇을 도와드릴까요? 무엇을 도와드릴까요? 친절한 사람들의 세상이로군!

"에드거 앨런 포를 '구하고' 싶습니다만."

그는 동사를 매우 신중하게 골랐다. '읽고' 싶다는 말은 쓰지 않았다. 책이라는 것 자체가 시대에 뒤떨어진 것이 되었을지 모르니까. 인쇄술 자체가 사라졌을지도 모르니까. 어쩌면 오늘날 '책'이란 완전한 3차원 동영상이 되어 있을지도 모른다. 그런데 소크라테스며 쇼펜하우어, 니체, 프로이트를 어떻게 3차원 동영상으로 만들 수 있단 말인가?

"이름을 다시 말씀해주시겠어요?"

"에드거 앨런 포요."

"우리 파일에는 그런 이름의 작가가 없습니다."

"다시 한번 확인해주시겠습니까?"

사서는 확인해보았다.

"아, 예. 파일 카드에 붉은색으로 표시되어 있네

요. 이 작가는 2265년 대소각기에 불태운 작가 중 하나였어요."

"제가 무지했군요."

"괜찮습니다."

사서가 랜트리에게 물었다.

"그 작가에 대해 잘 아시나요?"

"그는 죽음에 관해 흥미롭고도 야만적인 생각을 했죠."

랜트리가 말했다.

"끔찍하군요."

사서가 대답하고는 코를 찡그리며 말을 보탰다.

"소름 끼쳐요."

"예. 소름 끼치죠. 사실 가공할 수준이죠. 그의 작품을 태워버렸다니 잘됐네요. 불결하니까요. 그런데 러브크래프트의 작품은 있나요?"

"섹스에 관한 책인가요?"

랜트리는 웃음을 터뜨렸다.

"아니, 아닙니다. 사람 이름입니다."

사서는 파일을 넘겼다.

"그도 역시 소각되었네요. 에드거 앨런 포와 함께."

"마켄과 덜레스라는 사람은요? 앰브로즈 비어스라는 사람도 마찬가지인가요?"

"예."

사서는 대답하고 파일 캐비닛을 닫았다.

"모두 태웠어요. 속 시원하게 없애버렸죠."

사서의 얼굴에 이상하리만큼 따뜻한 관심의 표정이 떠올랐다.

"당신은 화성에서 돌아온 지 얼마 안 된 모양이군요?"

"왜 그렇게 생각하십니까?"

"어제도 다른 탐험가가 여기 왔었어요. 그분도 화성에서 돌아온 지 얼마 되지 않는데 초자연적인 문학에 관심을 보이더라고요. 화성에는 진짜 '무덤'이 있다면서요?"

"'무덤'이 뭔가요?"

랜트리는 말을 아끼는 법을 배우고 있었다.

"음, 예전에 사람들을 땅에 묻었던 곳이죠."

"야만적인 관습이군요. 소름 끼쳐요!"

"그런가요? 그런데 어제 만난 젊은 탐험가는 화성인의 무덤을 보고 호기심이 생긴 모양이더군요. 여기 와서 아까 당신이 말한 작가들의 작품을 찾더라고요. 물론 지금은 단 한 권도 남아 있지 않지요."

사서는 랜트리의 창백한 얼굴을 쳐다보았다.

"당신도 화성의 로켓맨이었죠?"

"그렇습니다."

그가 말했다.

"그저께 우주선을 타고 돌아왔습니다."

"어제 만난 청년은 버크였어요."

"그래요, 버크! 친한 친구죠!"

"도움을 못 드려서 죄송해요. 비타민 주사를 맞고 태양광 램프를 쬐시는 게 좋겠어요. 몹시 피곤해 보여요. 아, 성함이…?"

"랜트리입니다. 저는 괜찮습니다. 걱정해주셔서 감사해요. 다음 핼러윈 이브에 만납시다!"

"똑똑한 분인 줄 알았더니…."

사서가 웃음을 터뜨리고는 말을 이었다.

"핼러윈 이브라는 게 있다면 그날 데이트를 잡

아야겠어요."

"하지만 그것도 역시 다 태워버렸겠죠."

그가 말했다.

"몽땅 태워버렸죠."

사서가 말했다.

"안녕히 가세요."

"안녕히."

그리고 그는 밖으로 나갔다.

✱

오오, 그는 이 세계에서 얼마나 조심스럽게 균형을 잡고 있는가! 그는 어둠 속의 자이로스코프처럼 어떤 잡음도 내지 않고 돌아가는 몹시 조용한 사람이었다. 저녁 8시, 거리를 걷다가 그는 주변에 이상하리만큼 조명이 없다는 사실을 깨달았다. 모퉁이마다 보통 가로등이 있었지만, 동네 자체에 조명이 약했다. 이 특별한 인간들은 어둠을 두려워하지 않는 걸까? 말도 안 되는 소리! 누구나 어둠을 무서워한다. 심지어 그도 어렸을 때는 어둠을 무서워했다. 그건 먹는 일만큼이나 자연스러운 현상이다.

어린 소년이 펠트 신발을 신고 달려갔다. 여섯 명의 소년이 뒤를 따라갔다. 아이들은 나뭇잎이 푹신하게 쌓인 어둡고 서늘한 10월의 잔디밭에서 고함을 지르며 굴러댔다. 랜트리는 아이들을 바라보다가 놀이를 멈추고 마치 구멍 뚫린 종이봉투에 공기를 불어 넣는 것처럼 그 작은 폐로 잠시 숨을 돌리는 어린 소년에게 말을 걸었다.

"얘, 너 그러다 쓰러지겠다."

랜트리가 말했다.

"정말로 쓰러질 것 같아요."

소년이 말했다.

"그런데 여긴 왜 이렇게 가로등이 없는지 말해 줄 수 있겠니?"

"왜요?"

소년이 되물었다.

"아, 나는 선생님인데, 네가 얼마나 제대로 알고 있는지 시험해보고 싶구나."

랜트리가 말했다.

"음…, 동네 한가운데는 빛이 필요 없으니까요."

"하지만, 좀 어둡지 않니?"

"그러면 안 돼요?"

"안 무섭니?"

"뭐가요?"

"어둠이."

"하하하."

소년이 웃음을 터뜨렸다.

"어둠이 왜 무서워야 해요?"

"그건 말이다…."

랜트리가 말했다.

"검고 어두우니까. 애초에 가로등을 발명한 것
도 어둠과 공포를 몰아내려고 그랬던 거잖아."

"바보 같은 생각이네요. 가로등은 걸을 때 앞이
잘 보이라고 만들었어요."

"내 말은 그게 아니야."

랜트리가 말했다.

"한밤중에 아무도 없는 공터 한가운데 앉아 있
으면 안 무섭겠니?"

"뭐가요?"

"뭐가요! 뭐가요! 뭐가요! 이 바보 같은 자식! 어둠 말이다!"

"하하하."

"넌 언덕에 올라가 밤새 어둠 속에 있을 수 있어?"

"그럼요."

"혼자 버려진 집에 있을 수 있어?"

"그럼요."

"그래도 무섭지 않아?"

"예."

"거짓말쟁이!"

"저한테 그런 더러운 말 쓰지 마세요!"

소년이 외쳤다. '거짓말쟁이'는 부적절한 낱말이었다. 사람한테 쓰면 절대로 안 되는 최악의 단어인 모양이었다.

랜트리는 이 작은 괴물에게 완전히 분노했다.

"여길 보렴."

그가 지시했다.

"내 눈을 들여다봐."

소년은 보았다.

랜트리는 살짝 이를 드러냈다. 손을 내밀어 짐승의 발톱 같은 자세를 취했다. 얼굴을 한껏 찌푸리고 짓궂게 노려보며 끔찍하게 무서운 표정을 지어 보였다.

"하하."

소년이 웃더니 말했다.

"아저씨, 웃겨요."

"뭐라고 말했니?"

"웃기다고요. 다시 해보세요. 얘들아, 이리 와봐! 이 아저씨가 웃긴 거 한다!"

"됐다."

"다시 해보세요, 아저씨."

"됐어. 됐다고! 잘 가라!"

랜트리는 달아났다.

"아저씨도 잘 가요. 어둠 조심하시고요!"

어린 소년이 외쳤다.

★

모든 어리석음을 통틀어, 지독하고 고약하고 소름 끼치고 끈적끈적한 모든 어리석음 중에서도, 이런 것은 난생처음 보았다! 단 1그램의 상상력도 없이 아이들을 키우다니! 상상하지 않는 아이가 무슨 재미로 산단 말인가!

그는 달리기를 멈췄다. 속도를 늦추고 처음으로 자신을 살펴보기 시작했다. 손으로 얼굴을 쓸어보고 손가락을 깨물어보고 자신이 동네 한가운데 서 있다는 것을 깨닫고 불편함을 느꼈다. 그는 가로등이 반짝이는 거리 모퉁이로 올라갔다.

"한결 낫군."

그는 따뜻한 모닥불을 쬐는 사람처럼 양손을 앞으로 내밀었다.

그는 귀를 기울여보았다. 귀뚜라미 소리 말고는 아무 소리도 들리지 않았다. 잠시 후 로켓이 하늘을 휩쓸고 지나가며 불을 내뿜는 소리가 들렸다. 검은 하늘 위로 횃불을 휘두르는 듯한 소리였다.

그는 자신을 향해 귀를 기울여봤다. 그리고 처음으로 자신에게 무척 특이한 점이 있다는 걸 깨달았다. 그에게는 소리가 나지 않았다. 작은 콧구멍과 폐에서 나는 숨소리가 없었다. 그의 폐는 산소를 마시지도 이산화탄소를 내뿜지도 않았다. 폐가 움직이지 않았다. 콧구멍 속 털도 따뜻한 공기를 걸러내느라 떨지 않았다. 그의 코에는 호흡이 일으키는 희미하게 떨리는 소리가 나지 않았다. 이상했다. 우스웠다. 살아 있을 때는 한 번도 들어본 적이 없는 소리, 자신의 몸을 채우는 숨소리, 그러나 일단 죽으면 그 소리를 잃게 된다!

자신의 숨소리를 들었던 유일한 순간은 한밤중 꿈도 없이 깊은 잠에 빠졌다가 깨어났을 때, 가장 먼저 코가 공기를 들이마셨다가 가만히 내쉬고 다음으로 관자놀이에, 귀 고막에, 목구멍에 욱신거리는 손목에, 따뜻한 허리에, 가슴에 피가 붉은 천둥처럼 깊고 희미하게 울리는 소리를 들었을 때였다. 그 작은 리듬이 모두 사라졌다. 손목에서 뛰는 맥박은 사라졌고 목구멍의 맥박도, 가슴의 진동도 모두 사라졌다. 피가 온몸을 돌고 돌아 위아래로 움직이고 돌아다니며 관통하는 소리도 사라졌다. 이제는 조각상에 귀를 기울이는 것과 같았다.

그러나 그는 살아 있었다. 어쨌든 이리저리 움직였다. 어떻게 이런 일이 가능한지 과학적으로 설명하거나 가설을 세울 수 있을까?

이유는 한 가지, 오직 한 가지다.

증오 때문이다.

증오가 피처럼 그의 몸속을 흐르고 있다. 증오는 온몸을 돌고 돌아 위아래로 움직이고 돌아다닌다. 증오는 뛰지는 않지만, 그의 몸속에 따뜻하게 실재하는 심장이었다. 그는… 무엇일까? 분개다. 질투다. 사람들은 그가 영원히 묘지의 관 속에 누워 있을 거라고 생각했다. 그도 그러기를 바랐었다. 한번도 관에서 일어나 돌아다니고 싶은 욕망을 품어 본 적이 없었다. 수백 년 동안 깊은 관 속에 누워 느끼는 것만으로 충분했다. 다만, 땅속을 기어 다니는 오만가지 곤충 파수꾼과 깊은 생각처럼 땅에 묻힌 벌레들의 움직임까지 느끼고 싶지는 않았다.

그런데 언제부턴가 사람들이 찾아와 말했다.

"이제 그만 밖으로 나와 소각로로 들어가시지!"

그것은 사람에게 할 수 있는 최악의 말이었다. 그에게 이래라저래라 해서는 안 되는 것이었다. 만약 그에게 '당신은 죽었어'라고 말한다면 그는 죽어 있지 않기를 바랄 것이다. 뱀파이어 같은 것은 없다고 말하면 그는 악의를 품고 뱀파이어가 되려고 노력할 것이다. 죽은 자는 걸을 수 없다고 말하면 자기 팔다리로 시험해볼 것이다. 살인은 더 이상 존재하지 않는다고 말하면 살인을 저지를 것이다. 그는 모든 불가능한 것들의 총합이었다. 사람들은 실천과 무지로써 그를 낳았다. 아, 그들은 완전히 틀렸다. 그들은 제대로 알았어야 했다. 이제 그가 똑똑히 보여줄 것이다! 사람들은 태양이 좋으면 밤도 좋은 것이라고, 어둠에는 아무런 문제가 없다고 말했다.

어둠은 공포야. 그는 작은 집들을 향해 말없이 외쳤다. 어둠은 대조를 위해 존재한다고. 마땅히 두려워해야지! 이 세계는 언제나 이런 식이었다.

에드거 앨런 포를, 거창한 말을 멋들어지게 써낸 러브크래프트를 파괴하고, 핼러윈 가면을 태워버리고, 호박등을 없애버렸지! 내가 밤을 예전 모습으로 되돌려놓겠어. 사람들이 도시를 등불로 환하게 밝힐 수밖에 없었던 시절의 모습으로. 아이들이 어둠을 두려워할 수밖에 없었던 시절로.

낮게 날던 로켓이 그에게 대답이라도 하듯 긴 불꽃 깃털을 경쾌하게 남기고 지나갔다. 랜트리는 움찔하며 뒷걸음질 쳤다.

4

사이언스 포트라는 작은 마을은 겨우 16킬로미터 떨어져 있었다. 그는 밤새 걸어 새벽녘에 도착했다. 그러나 이것도 좋은 생각은 아니었다. 새벽 4시, 은색 딱정벌레차가 도로를 달리다가 그의 옆에 멈춰 섰다.

"안녕하십니까?"

안에 탄 남자가 불렀다.

"안녕하십니까."

랜트리가 지친 기색으로 말했다.

"왜 걷고 계십니까?"

남자가 물었다.

"사이언스 포트로 가는 길입니다."

"왜 차를 타지 않고요?"

"나는 걷는 게 좋아요."

"걷는 걸 좋아하는 사람은 없습니다. 어디 아프십니까? 태워 드릴까요?"

"고맙지만 나는 걷는 게 좋습니다."

남자는 머뭇거리다가 딱정벌레차 문을 닫았다.

"안녕히 가십시오."

자동차가 언덕 너머로 사라지자 랜트리는 가까운 숲으로 들어갔다. 이 세계는 서투르게 도움을 주려는 사람들로 가득하다. 세상에, 심지어 아프냐는 의심을 받지 않고서는 걸어 다닐 수조차 없다. 이는 오직 한 가지를 의미했다. 더는 걸어서는 안 된다. 차를 타야 한다. 아까 그 친구의 제안을 받아들였어야 했다.

동이 트기 전에 그는 고속도로에서 최대한 멀리 떨어져서 걸었다. 딱정벌레차가 지나가면 얼른 덤불 아래로 숨을 생각이었다. 동이 틀 무렵 그는 마른 배수로로 기어 들어가 눈을 감았다.

★

꿈은 눈의 결정처럼 완벽했다.

그가 수백 년 동안 무르익은 과일처럼 깊이 묻혀 누워 있었던 묘지가 보였다. 이른 아침 일꾼들이 일을 마무리하러 돌아오는 소리가 들렸다.

"삽 좀 건네줘, 짐."

"자, 여기."

"어? 잠깐!"

"왜 그래?"

"여길 봐. 어제저녁 이 무덤은 마무리를 짓지 못했잖아."

"그랬지."

"여길 봐. 관이 열렸어!"

"다른 구덩이랑 착각한 거 아냐?"

"묘비에 이름이 뭐라고 되어 있어?"

"랜트리. 윌리엄 랜트리."

"맞아. 그 사람이야! 그런데 사라졌어!"

"어떻게 이런 일이!"

"난들 알겠어? 어제저녁에는 분명히 여기 시체가 있었어."

"확실하지는 않지. 직접 보지는 않았으니까."

"이봐, 누가 빈 관을 묻었겠어? 그 사람은 분명히 여기 관 속에 있었어. 지금은 없지만."

"어쩌면 이 관은 처음부터 비어 있었던 걸지도 몰라."

"말도 안 돼. 그 냄새 기억 안 나? 그는 여기 있었어."

잠깐 침묵.

"시체를 가져갈 사람은 없을 거야, 그렇지?"

"뭣 때문에 그런 짓을 하겠어?"

"호기심 때문에 그럴 수도 있지."

"말도 안 되는 소리 하지 마. 훔치는 사람은 없어. 아무도 훔치지 않아."

"그렇다면, 답은 하나뿐이군."

"뭔데?"

"그 사람이 벌떡 일어나 가버린 거지."

침묵. 어두운 꿈속에서도 랜트리는 일꾼들이 웃음을 터뜨릴 거라고 생각했다. 그러나 웃음소리는 들리지 않았다. 대신 신중한 침묵 끝에 한 일꾼의 목소리가 들렸다.

"그래, 바로 그거야. 그는 벌떡 일어나서 가버렸어."

"정말 흥미롭군."

다른 일꾼이 말했다.

"그렇지?"

침묵.

*

랜트리는 잠에서 깨어났다. 몹시 현실적인 꿈이었다. 두 일꾼이 얼마나 이상하게 굴던지. 그러나 부자연스럽지는 않았다. 정말로 미래 사람들이 나눌 법한 이야기였다. 미래 사람들이라니. 랜트리는 쓴웃음을 웃었다. 미래 사람들이라는 말 자체가 시대착오적이었다. 미래란 바로 여기다. 지금 여기서 일어나는 일이다. 지금으로부터 3백 년 전이 아니다. 과거도 아니고 다른 시대도 아니고 바로 지금이다.

지금은 20세기가 아니다. 꿈속의 두 남자는 얼마나 차분하게 이야기를 나누던지.

"그는 벌떡 일어나서 가버렸어."

"정말 흥미롭군."

"그렇지?"

목소리에 한점 떨림도 없었다. 그들은 어깨너머를 흘낏 보지도 않았고 삽을 든 손을 떨지도 않았다. 물론 완벽하게 솔직하고 논리적인 그들의 마음으로는 단 한 가지 설명밖에 할 수 없었다. 아무도 시체를 훔치지 않았다.

"아무도 훔치지 않아."

그렇다면 시체가 벌떡 일어나 가버렸을밖에. 시체를 움직일 수 있는 유일한 존재는 바로 시체였다. 일꾼들이 느긋하게 나누는 일상적인 대화를 통해 랜트리는 그들이 어떻게 생각하는지 알 수 있었다. 이곳에 수백 년 동안 정말로 죽지는 않았지만 한동안 움직이지 않는 남자가 누워 있었다. 그런데 주변이 파헤쳐지고 흔들리는 바람에 남자는 되돌아왔다.

진흙이나 얼음덩어리 속에 산 채로, 오오, 산 채로 수백 년을 갇혀 있는 작은 초록두꺼비 이야기를 들어봤을 것이다. 과학자들이 덩어리를 자르고 조약돌을 쥐듯 손에 넣고 따뜻하게 해주었더니 작은 두꺼비가 살아나 펄쩍 뛰어오르고 눈을 끔벅였다. 그러니 묘지 일꾼들도 윌리엄 랜트리에 대해 그렇게 생각하는 게 논리에 맞았다.

그런데 하루 정도가 지나 다양한 퍼즐 조각이 전부 하나로 맞춰지면 어쩌지? 사라진 시체와 폭발 사고로 산산조각이 나버린 소각로가 하나로 연결된다면? 화성에서 막 돌아와 낯빛이 하얗다는 버크라는 친구가 다시 도서관에 찾아가 젊은 여자 사서에게 책을 찾아달라고 했는데, 사서가 "아, 당신 친구 랜트리도 엊그제 여기 왔었어요."라고 말하면? 그런데 버크가 "랜트리요? 모르는 사람인데요."라고 대답해버리면? 그래서 사서가 "어머, 그 사람이 거짓말을 했군요."라고 한다면? 이 시대 사람들은 거짓말을 하지 않는다. 그렇게 모든 조각이 하나하나 맞춰지고 하나로 간추려질 것이다. 사람들이 더 이상 거짓말을 하지 않는 세상에서 창백해서는 안 되는데 창백한 남자가 거짓말을 했고, 사람들이 더 이상 걷지 않는 시대에 외딴 시골길을 걷는 남자를 발견했으며, 묘지에서 시체가 하나 사라졌고, 소각로가 폭발했다면….

사람들이 그를 찾아다닐 것이다. 그리고 그를 발견할 것이다. 그는 쉽게 발견될 것이다. 그는 걸어 다니니까. 그는 거짓말을 하니까. 그는 창백하니까. 사람들은 그를 찾아내 가장 가까운 소각로로 데려가 잠금장치 안으로 밀어 넣을 것이고 그는 유명한 독립기념일 상징처럼 누구나 아는 '여러분의 윌리엄 랜트리'가 될 것이다!

효율적이고도 완벽한 대응 방식은 오직 한 가지뿐이었다. 그는 분연히 떨쳐 일어났다. 굳게 다문 입술, 이글거리는 검은 눈동자, 온몸이 떨리며 화르르 불타올랐다. 죽여야 한다. 죽이고, 죽이고, 또 죽여야 한다. 적을 친구로 만들어야 한다. 걸어서는 안 되는 세상을 걷는 자, 붉은 땅에서 창백한 자를 만들어내야 한다. 모든 소각로를, 굴뚝을, 아궁이를 파괴해야 한다. 폭발시키고 또 폭발시켜야 한다. 죽음 다음 또 죽음이 이어질 것이다. 모든 소각로가 무너지고 서둘러 만든 시체안치소까지 폭발 사고로 죽은 이들의 시체로 가득 차면 그는 친구를 만들기 시작할 것이다.

사람들이 쫓아와 그를 발견하고 죽이기 전에, 그가 먼저 그들을 죽여야 한다. 그때까지 그는 안전할 것이다. 그는 죽일 수 있지만 그들은 그를 죽일 수 없을 것이다. 여기 사람들은 죽이러 돌아다니지 않는다. 그래서 그는 안전할 것이다. 그는 버려진 배수로에서 나와 도로 위에 섰다.

랜트리는 주머니에서 칼을 꺼낸 다음, 지나가는 딱정벌레차를 불러 세웠다.

★

독립기념일 같았다! 세상에서 가장 큰 폭죽이 터졌다. 사이언스 포트의 소각로는 한가운데가 동강 나며 파편이 멀리 튀었다. 곧 수천 번의 작은 폭발이 뒤를 이었고 마침내 더욱 큰 폭발로 끝이 났다.

파편이 도시를 덮쳐 집을 부수고 나무를 태웠다. 사람들은 잠에서 깨어났다가 곧 다시 잠들었다. 영원한 잠이었다.

윌리엄 랜트리는 자기 것도 아닌 딱정벌레차를 타고 라디오 다이얼을 돌려 한 뉴스채널에 맞추었다. 소각로 폭발로 약 4백 명이 죽었다. 많은 이들이 무너진 집 안에 갇혔고 날아온 금속 파편에 맞은 사람도 있었다. 임시 시체안치소가 급히 만들어졌다.

뉴스에서 주소 하나가 흘러나왔다.

랜트리는 수첩과 연필로 주소를 받아적었다.

이런 식으로 도시에서 도시로 시골에서 시골로 이동하면서 불의 기둥 소각로를 무너뜨리며 계속 갈 수 있을 것이다. 불꽃과 소각으로 이루어진 거대한 청결의 구조물이 완전히 몰락할 때까지. 그는 견적을 내보았다. 소각로가 한 번 폭발할 때마다 평균 5백 명이 죽었다. 이런 식이라면 곧 수십만 명도 죽일 수 있을 것이다.

그는 딱정벌레차 바닥에 있는 버튼을 누르고

웃으며 어두운 도시를 지나갔다.

✱

도시의 낡은 창고가 임시 시체안치소가 되었다. 자정부터 새벽 4시까지 회색 딱정벌레차들이 비로 번들거리는 도로를 내달려 시체들을 날라왔고, 흰색 천으로 덮인 시체는 차가운 콘크리트 바닥에 눕혀졌다. 오전 4시 30분쯤 되자 끊임없이 몰려오던 시체의 행렬도 잠시 주춤했다. 이곳엔 희고 차가운 시체가 약 2백 구가량 있었다.

시체들은 홀로 남았다. 아무도 시체를 돌보지 않았다. 죽은 자를 돌볼 이유는 없었다. 쓸모없는 절차였다. 죽은 자는 알아서 처리되었다.

오전 5시 무렵, 동이 트려는 기미가 보이자 첫 번째 가족이 도착해 아들이나 아버지, 어머니, 삼촌의 신원을 확인했다. 사람들은 서둘러 창고로 들어가 시신을 확인하고 재빨리 밖으로 나갔다. 6시, 동쪽 하늘이 조금 더 밝아졌을 때 가족 무리도 역시 썰물처럼 빠져나갔다.

랜트리는 비에 젖은 넓은 도로를 가로질러 창고로 들어갔다.

그는 한 손에 파란색 분필 한 조각을 쥐고 있었다.

그는 입구에 서서 두 사람에게 뭐라고 말하는 검시관 쪽으로 다가갔다.

"여기 시체들은 내일 멜린 타운 소각로로 옮기고 또….”

목소리가 희미해졌다.

랜트리는 움직였다. 발이 차가운 콘크리트에 닿아 희미하게 울렸다. 수의로 덮인 시신들 사이를 걷다 보니 근거 없는 안도감이 몰려왔다. 그도 한때는 시신들 사이에 있었다. 지금은 그 시절보다 훨씬 낫다! 이것들을 만들어낸 것은 바로 그였으니까! 그가 이들을 죽게 했으니까! 그는 가로누워 움직이지 않는 친구들을 수없이 만들어냈다!

혹시 검시관이 보고 있지는 않을까? 랜트리는 고개를 돌렸다. 아니다. 창고 안은 고요했고 아직 어두운 새벽의 그늘 속에 잠겨 있었다. 검시관은 두 사람의 조수와 함께 창고 밖으로 나가 길을 건

넜다. 딱정벌레차 한 대가 길 건너편에 멈춰 섰고 검시관은 차에 탄 사람과 이야기를 나누었다.

랜트리는 파란색 분필로 시체마다 옆 바닥에 별 표시를 그렸다. 소리 하나 내지 않고 눈도 깜박이지 않고 신속하게 움직였다. 몇 분 후 흘낏 위를 쳐다보니 검시관은 여전히 다른 일에 신경을 쓰고 있었다. 랜트리는 백 구가 넘는 시신 옆에 분필로 별을 그렸다. 마침내 그는 허리를 펴고 분필을 주머니에 넣었다.

모든 선한 자들이여, 어서 와 우리 편이 되시라, 모든 선한 자들이여, 어서 와 우리 편이 되시라, 모든 선한 자들이여, 어서 와 우리 편이 되시라, 모든 선한 자들이여….

수백 년간 땅속에 누워 지나가는 사람들과 지나가는 시간을 생각했던 나날이 깊숙한 스펀지에 흡수되듯 천천히 그에게 스며들었다. 얄궂게도 검은 타자기가 그가 지닌 죽음의 기억에서 관련 문장을 끄집어내 반복적으로 찍어냈다.

모든 선한 자들이여, 모든 선한 자들이여, 어서 와 우리 편이 되시라….

윌리엄 랜트리.

다른 문장도 찍어냈다.

일어나라, 내 아들아, 나와 함께 가자….

날쌘 갈색 여우가 게으른 개를 뛰어넘는다….

이 문장을 살짝 바꿔보자.

날쌘 무덤에서 일어난 시체가 무너진 소각로를 뛰어넘는다….

나사로여, 무덤에서 나오라….

그는 뭐라고 말해야 할지 알았다. 수백 년 동안 써왔던 그 말을 입 밖에 내기만 하면 된다. 올바른 손짓을 하고 그 말을 하기만 하면 된다. 이 시체들이 덜덜 떨며 일어나 걷게 할 어둠의 주문을!

그들이 몸을 일으키면 그는 그들을 데리고 도시로 나갈 것이고 만나는 사람들을 죽일 것이며, 그 사람들도 다시 일어나 걸을 것이다. 하루가 끝나갈 무렵이면 그와 함께 걷는 선한 친구들이 수천 명은 될 것이다. 이 시대, 이런 날 이런 시각에 살아 있는 순진한 사람들은 전혀 준비되어 있지 않을 것이다. 그들은 이런 식의 전쟁은 전혀 예상하지 못했기 때문에 속절없이 패배하고 말 것이다. 이런 일이 가능하다는 것을 믿지도 않을 것이다. 이렇게 비논리적인 일이 일어날 수 있다는 것을 믿게 될 무렵이면 이미 모든 게 끝나 있을 것이다.

그는 양손을 들어 올렸다. 입술을 달싹이며 주문을 외웠다. 속삭임으로 시작해 점점 목소리를 높였다. 어둠의 주문을 몇 번이고 반복해 외웠다. 눈을 질끈 감았다. 몸을 좌우로 흔들었다. 주문은 점점 빨라졌다. 그는 시체들 사이를 오갔다. 어둠의 말이 그의 입에서 흘러나왔다. 그는 자신의 주문에 스스로 매혹되었다. 허리를 숙이고 오래전 죽은 마법사들이 했던 대로 확신에 차 웃으며 콘크리트 위에 파란색 상징을 더 많이 그렸다. 이제 곧 차가운 시체 사이에서 벌떡 몸을 일으킬 자들이 나올 것이다!

그는 양손을 높이 쳐들었다. 고개를 끄덕였다. 말하고, 말하고, 또 말했다. 몸을 움직였다. 긴장으로 바짝 굳어, 이글거리는 눈빛으로, 시체들을 향해 큰 소리로 말했다.

"지금이다!"

그는 격렬하게 외쳤다.

"모두 일어나라!"

아무 일도 일어나지 않았다.

"일어나라!"

그는 끔찍한 고통을 담아 소리쳤다.

말 없는 시체들을 덮은 수의가 희푸르게 그늘진 윤곽을 그리고 있었다.

"내 말을 들어라! 행동하라!"

그는 외쳤다.

저 멀리 거리에 딱정벌레차 한 대가 쉭쉭 소리를 내며 지나갔다.

다시, 또다시, 몇 번이고 외치고 간청했다. 시체마다 돌아다니며 옆에 주저앉아 격렬하게 애원했다. 그러나 응답이 없었다. 그는 반듯하게 그어진 흰색 줄 사이를 성큼성큼 걸어 다니며 두 팔을 휘젓고, 몇 번이고 허리를 숙여 바닥에 파란색 상징을 그렸다.

랜트리의 얼굴이 하얗게 질렸다. 그는 혀로 입술을 축였다.

"제발 일어나."

그는 말했다.

"천 년이나 해왔잖아. 이렇게 표시를 하고! 이렇게 주문을 외우면! 반드시 일어났잖아! 그런데 왜 지금은 안 되는 거야? 너희는 왜 안 일어나느냐고! 제발, 제발, 누가 오기 전에 얼른 일어나!"

창고가 그늘 속으로 들어갔다. 창고 안은 강철 대들보가 가로와 세로로 짜여 있었다. 창고 지붕 밑에는 고함을 질러대는 외로운 남자 말고는 아무 소리도 들리지 않았다.

랜트리는 멈추었다.

창고의 널찍한 문을 통해 차가운 아침의 마지막 별이 얼핏 보였다.

2349년이었다.

그의 눈빛은 차갑게 식었고 양손도 아래로 툭 떨어졌다. 그는 움직이지 않았다.

★

오래전 사람들은 집 주변에 바람 소리가 들려오면 흠칫 몸을 떨면서 십자가와 투구꽃을 붙잡았고, 걸어 다니는 시체와 박쥐, 성큼성큼 달리는 흰 늑대의 존재를 믿었다. 그들이 믿는 동안에는 걸어 다니는 시체도 박쥐도 성큼성큼 달리는 흰 늑대도 오래도록 존재했다. 마음이 현실을 낳았다.

그러나….

랜트리는 흰색 수의로 덮인 시체들을 바라보았다.

이자들은 믿지 않았다.

그들은 전혀 믿지 않았다. 절대로 믿지 않을 것이다. 그들은 죽은 자가 걸어 다닐 거라고는 상상도 하지 못했다. 이곳에서 죽은 자는 불 속으로 들어가 굴뚝 위로 사라졌다. 그들은 미신에 대해 들어본 적도 없고 어둠 속에서 몸을 떨거나 흠칫 소스라치거나 의심조차 하지 않았다. 걸어 다니는 시체는 논리에 맞지 않으므로 존재할 수도 없었다. 지금은 2349년이니까!

그러므로 이자들은 일어날 수도 다시 걸을 수도 없다. 이들은 죽어서 납작해졌고 싸늘하게 식어버렸다. 분필도 저주의 말도 미신도, 그 어떤 것도 이들을 다시 일으켜 세워 걷게 할 수는 없었다. 이들은 죽었고, 스스로 죽었다는 것을 알고 있었다!

그는 혼자였다.

이 세계의 산 사람들은 움직이고, 딱정벌레차를 몰고, 조명이 거의 없는 시골 길가의 어두운 술집에서 조용히 술을 마시고, 여자들과 입을 맞추고, 매일 온종일 좋은 말만 하고 또 한다.

그러나 그는 살아 있지 않다.

몸을 비비자 인색하게나마 온기가 느껴졌다.

이곳 창고에는 2백 구의 죽은 자들이 차가운 바닥에 누워 있었다. 백 년 만에 처음으로 죽은 자들을 한 시간 남짓 시체 상태로 놔두었다. 처음으로 소각로로 즉시 운반되어 다량의 인으로 불타지 않아도 되었다.

그 역시 그들 사이에 누워 있다면 행복할 것 같았다.

그러나 그러지 못했다.

그들은 완전하게 죽었다. 일단 심장이 멈춰버리면 다시 일어나 걷는 일은 알지도 못했고 믿지도 않았다. 그들은 그 어느 때보다 완전하게 죽어 있었다.

그는 철저히 혼자였다. 누구보다도 혼자였다. 쓸쓸한 냉기가 가슴으로 파고들어 조용히 그의 목을 졸랐다.

윌리엄 랜트리는 불쑥 몸을 돌렸다가 숨이 멎을 만큼 놀랐다.

어느새 누군가 창고에 들어와 있었다. 흰 머리에 연한 황갈색 가죽 코트를 입고 모자는 쓰지 않은 키 큰 남자였다. 남자는 아무 말도 하지 않고 언제부터 근처에 와 있었던 걸까?

더는 여기 머무를 이유가 없었다. 랜트리는 몸을 돌려 천천히 걷기 시작했다. 지나가며 흘낏 남자를 보았고 백발의 남자도 호기심 어린 표정으로 랜트리를 보았다. 혹시 그는 저주의 말과 애원과 고함을 들었을까? 랜트리를 의심했을까? 그는 걸음을 늦추었다. 남자는 랜트리가 파란색 분필로 바닥에 별을 그리는 모습을 봤을까? 남자도 그 표식을 보고 고대 미신의 상징으로 해석할까? 아마 아닐 것이다.

창고 문에 도착해 랜트리는 걸음을 멈추었다. 잠시 그는 아무것도 하지 않고 정말로 다시 죽어 차가운 몸으로 바닥에 누워 있다가 조용히 거리로 실려 나가 어느 먼 곳의 소각로로 운반되어 급히 재와 속삭이는 불길로 사라지고만 싶었다. 정말로 이 세계에 그 혼자이고 그의 편으로 군대를 모을 기회가 없다면 이런 일을 계속할 이유가 있을까? 계속 사람을 죽이고 다닐 필요가 있을까? 그렇다. 그는 몇천 명은 더 죽일 것이다. 그 정도로도 충분하지 않았다. 다만 그들에게 붙잡혀 끌려가기 전에 그 정도는 할 수 있을 것이다.

그는 서늘한 하늘을 올려다보았다.

로켓이 불꼬리를 남기며 검은 하늘을 가로지르고 있었다.

수많은 별 속에서 화성이 붉게 타올랐다.

화성. 도서관. 도서관 사서. 돌아온 로켓맨. 무덤.

랜트리는 하마터면 고함을 지를 뻔했다. 그는 당장 하늘로 손을 뻗어 화성을 만져보고 싶은 마음을 꾹 눌러 참았다. 저 하늘의 사랑스러운 붉은 별이여. 화성이 그에게 갑작스럽게 새로운 희망을 안겨주었다. 만약 그의 심장이 살아 있다면, 그 심장은 거칠게 고동쳤을 것이고 땀이 솟구쳤을 것이며 맥박이 망치질하듯 쿵쿵 뛰고 눈에는 눈물이 차올랐을 것이다!

로켓이 우주를 향해 출발하는 곳으로 가겠다. 거기서 편도로 화성에 갈 것이다. 화성의 무덤에 갈 것이다. 그곳에는 시체들이 있을 것이고, 그가 마지막 남은 증오를 내걸면 그곳의 시체들은 벌떡 일어나 그와 함께 걸을 것이다! 도서관 사서의 말이 사실이라면 화성에는 지구와 상당히 다른, 고대 이집트에서 일반적이었던 문화가 남아 있을 것이다. 고대 이집트의 문화라면 어둠의 미신과 한밤의 공포가 어우러진 도가니였다. 화성도 마찬가지일 것이다. 아아, 아름다운 화성이여!

이제 그는 관심을 끌 만한 짓을 해서는 안 된다. 조심스럽게 움직여야 한다. 그는 정말로 달아나고 싶었다. 그러나 달음박질이야말로 그에게는 최악의 행동이 될 것이다. 백발의 남자가 입구에 서서 간간이 랜트리를 흘끔거리고 있었다. 주변에 사람이 너무 많았다. 무슨 일이라도 생기면 그는 수적으로 열세다. 지금껏 한 번에 한 사람씩만 처리해 왔다.

랜트리는 억지로 걸음을 멈추고 창고 앞 계단에 섰다. 백발 남자도 계단으로 와 서서 하늘을 올려다보았다. 금방이라도 말을 걸 것만 같은 모습이었다. 남자가 주머니를 뒤져 담배를 꺼냈다.

5

키가 크고 얼굴이 분홍빛인 백발 남자와 주머니에 양손을 찔러넣은 랜트리가 함께 시체안치소 앞에 서 있었다. 조개 모양의 하얀 달이 높이 떠서 이곳 창고 건물과 저쪽의 도로와 저 멀리 강물까지 드문드문 하얗게 비춰주는 서늘한 밤이었다.

"담배 한 대 피우겠습니까?"

백발 남자가 랜트리에게 담배를 하나 건넸다.

"고맙습니다."

두 사람은 함께 담뱃불을 붙였다. 남자가 랜트리의 입가를 흘낏 보며 말했다.

"서늘한 밤이로군요."

"서늘하네요."

두 사람은 발의 자세를 고쳐 섰다.

"끔찍한 사건이었어요."

"예, 끔찍했지요."

"너무 많은 사람이 죽었습니다."

"너무 많이 죽었어요."

랜트리는 저울 위에 올라간 섬세한 무게추가 된 것 같았다. 상대방은 그를 보는 것 같지는 않았지만 그를 향해 귀를 기울이고 촉각을 곤두세우고 있었다. 아슬아슬하게 균형을 이루는 분위기에는 팽팽한 긴장감과 불편함이 서려 있었다. 그는 이 묵직한 긴장감에서 벗어나 도망가고 싶었다. 그때 키가 큰 백발 남자가 말했다.

"맥클루어라고 합니다."

"안에 친구라도 있습니까?"

랜트리가 물었다.

"친구는 아니고 그냥 아는 사람입니다. 정말 끔찍한 사고였어요."

"끔찍했지요."

두 사람은 서로 머뭇거렸다. 딱정벌레차 한 대가 열일곱 개나 되는 바퀴를 굴리며 조용히 도로를 지나갔다. 달이 어두운 언덕 너머 멀리 있는 작은 마을을 어렴풋이 비추었다.

"저기…."

맥클루어가 말했다.

"예."

"질문에 대답해주겠습니까?"

"기꺼이."

랜트리는 외투 주머니에 있는 칼을 풀고 준비를 했다.

"당신이 랜트리인가요?"

드디어 남자가 물었다.

"그렇습니다."

"윌리엄 랜트리?"

"예."

"그저께 살렘 시 묘지에서 나온 남자가 맞습니까?"

"예."

"오, 세상에! 정말 반갑습니다, 랜트리! 우린 지난 24시간 동안 당신을 백방으로 찾아다녔어요."

남자가 그의 손을 꼭 잡고 위아래로 흔들며 등을 두드렸다.

"왜, 왜 그러십니까?"

랜트리가 물었다.

"도대체 왜 달아났습니까? 이게 어떤 일인지 알기나 합니까? 우린 정말 당신과 많은 이야기를 나누고 싶어요!"

맥클루어는 활짝 웃고 있었다. 맥클루어는 또 한 번 악수하고 또 한 번 등을 두드렸다.

"당신일 줄 알았다니까요!"

랜트리는 남자가 미쳤다고 생각했다. 완전히 미쳤다. 지금껏 소각로를 무너뜨렸고 사람들을 죽였는데 반갑게 내 손을 잡고 흔들고 있다니. 미쳐도 단단히 미쳤군!

"나와 함께 회관으로 갑시다!"

남자가 그의 팔을 잡으며 말했다.

"무, 무슨 회관이요?"

랜트리는 뒷걸음질을 쳤다.

"당연히 과학회관이지 어디겠어요? 우린 매년 가사 상태의 실제 경우를 수집해왔어요. 물론 작은 동물들이었지요. 그런데 사람이라니! 어서 나와 같이 갑시다."

"이게 무슨 짓입니까?"

랜트리는 남자를 노려보며 버럭 화를 냈다.

"도대체 무슨 소리를 하는 겁니까?"

"오오, 친애하는 친구여, 왜 그러십니까?"

남자는 깜짝 놀랐다.

"아, 신경 쓰지 마십시오. 나를 만나고 싶어 했던 이유가 정말로 그것뿐입니까?"

"다른 이유가 또 뭐가 있겠습니까, 랜트리 씨? 이렇게 당신을 찾아서 얼마나 기쁜지 몰라요."

맥클루어는 춤이라도 출 것처럼 들떠 있었다.

"처음 여기 와서 당신을 봤을 때부터 의심스러웠습니다. 무엇보다 당신 얼굴이 몹시 창백했으니까요. 게다가 담배를 피우는 모양새도 어딘가 이상하더군요. 그 밖에 많은 점이 특이해 보였어요. 그러니 당신일 수밖에 없지! 바로 당신!"

"예, 접니다. 윌리엄 랜트리."

건조하게 대꾸했다.

"친구여! 나랑 함께 갑시다!"

★

딱정벌레차가 날렵하게 새벽 거리를 달렸다. 맥
클루어는 빠른 속도로 말을 쏟아냈다.

랜트리는 옆에 앉아 맥클루어의 말을 듣다가
아연실색했다. 바보 같은 맥클루어는 성실하게 제
할 일을 하고 있을 뿐이었다! 어리석기 짝이 없는
이 과학자 나부랭이는 그를 수상한 짐짝이나 살인
마로 보지 않았다. 절대 아니었다! 오히려 정반대
였다. 맥클루어는 오직 가사 상태의 실제 경우로서
만 랜트리를 대했다. 랜트리가 위험한 사람이라는
생각은 전혀 하지 못했다. 전혀!

"당연히 당신은 어디로 가야 좋을지, 누구에게
의지해야 할지 몰랐겠지요. 스스로도 완전히 믿기
어려운 일이었을 테니까."

맥클루어가 씩 웃으며 큰 소리로 말했다.

"그랬습니다."

"왠지 오늘 밤 시체안치소에 당신이 올 것 같았어요."

맥클루어가 흡족하게 말했다.

"그랬습니까?"

랜트리의 몸이 굳었다.

"왜 그런지는 설명할 수 없었지만, 왠지 그럴 것 같더군요. 그런데 당신을 무엇으로 분류해야 좋을지 모르겠군요. 고대 미국인? 당신네는 죽음에 관해 아주 우스꽝스러운 생각을 품었었지요. 당신은 꽤 오랫동안 죽은 자들 사이에 있었으니까 어쩐지 시체안치소로 끌리지 않을까 생각했어요. 별로 논리적인 생각은 아닙니다. 사실 바보 같은 생각이지요. 그냥 그런 느낌이 들었어요. 나는 원래 느낌을 몹시 싫어하지만, 그런 게 있더라고요. 당신네는 이런 걸 직감이라고 하지 않았나요?"

"뭐, 그랬지요."

"그런데 당신이 정말로 거기 있었어요!"

"거기 있었죠."

랜트리가 말했다.

"배가 고프진 않습니까?"

"먹었습니다."

"그동안 어떻게 돌아다녔어요?"

"히치하이크를 했습니다."

"뭘 했다고요?"

"도로에서 사람들에게 태워달라고 했습니다."

"대단하군요."

"예, 그렇게 보일 겁니다."

랜트리는 지나치는 집들을 보며 물었다.

"지금은 우주여행의 시대입니까?"

"아, 화성에 오간 지 40년 정도 되었습니다."

"놀랍군요. 그런데 도시마다 한복판에 솟은 저 커다란 굴뚝 같은 탑은 뭡니까?"

"못 들어봤습니까? 소각로라는 겁니다. 아, 당연히 당신이 살던 시대에는 저런 게 없었겠군요. 당신네는 참 운이 없었죠. 48시간 이내에 살렘 시와 이곳에서 소각로 폭발 사고가 연달아 일어났습니다. 그런데 좀 전에 하려던 말이 뭐였지요?"

"별거 아닙니다. 관 밖으로 나오다니 제가 참 운이 좋은 사람이라는 생각이 드는군요. 안 그랬으면 저도 당신들 소각로로 끌려가 불태워졌겠죠?"

"그랬을 겁니다."

랜트리는 딱정벌레차 계기반에 있는 다이얼들을 만지작거렸다. 그는 화성에 가지 않을 것이다. 계획이 바뀌었다. 이 얼간이 과학자가 어쩌다 만난 범인을 알아보지 못한다면 그냥 계속 얼간이로 살게 놔두자. 두 건의 소각로 폭발 사고와 무덤에서 나온 남자를 연결 짓지 못한다면, 랜트리로선 다행이었다. 그냥 속아 넘어가게 놔두자. 누군가 비열하고 사악하고 살인을 저지를 수도 있다는 사실을 상상조차 할 수 없다면 그런 자들이야 하늘이 도와주겠지. 그는 만족감으로 양 손바닥을 싹싹 비볐다. 이제 화성으로 가지 않아도 되겠어. 아직은 말이야, 랜트리. 우선 가장 안쪽부터 어떤 지루한 일이 벌어지고 있는지 봐야겠어. 시간은 많다. 소각로 폭발은 일주일 정도는 기다릴 수 있다. 조금 더

교묘하게 움직일 필요가 있다. 곧바로 폭발 사고가 일어나면 생각과 의심이 꼬리를 물고 이어질지도 모른다.

맥클루어는 마구 지껄여댔다.

"즉시 검사를 받을 필요는 없습니다. 일단 휴식이 필요하겠지요? 우선 내 집으로 모시겠습니다."

"고맙습니다. 솔직히 여기저기 주삿바늘이 찔리고 밀고 당겨질 기분은 아니군요. 일주일 정도 시간은 충분합니다."

그들은 어느 집 앞에 차를 세우고 밖으로 나왔다.

"좀 자고 싶겠군요."

"잠이라면 수백 년 동안 잤습니다. 깨어 있는 편이 좋아요. 조금도 피곤하지 않습니다."

"잘됐군요."

맥클루어가 집 안으로 그를 안내했다. 랜트리는 곧바로 술을 마실 수 있는 바로 향하며 말했다.

"한잔 마시면 기분이 한결 나아질 겁니다."

"먼저 한잔 하시죠."

랜트리가 대답했다.

"저는 이따 하겠습니다. 지금은 그냥 좀 앉아 있고 싶군요."

"거기 앉으세요."

맥클루어가 이것저것 섞어 술을 만들었다. 그는 방 안을 한 번 둘러보고 랜트리 쪽을 보았다가 술잔을 들고 잠시 멈춰 서서 고개를 갸웃하더니 뺨 한쪽이 볼록하게 혀를 내밀었다. 그러더니 어깨를 으쓱하고 술을 저었다. 그리고 천천히 의자로 걸어가 자리에 앉더니 조용히 술을 마셨다. 그는 귀를 쫑긋 세우고 뭔가를 듣고 있는 것 같았다.

"담배는 탁자에 있습니다."

맥클루어가 말했다.

"고맙습니다."

랜트리는 담배 한 개비를 집어 불을 붙이고 담배를 피웠다. 그리고 한동안 아무 말도 하지 않았다.

랜트리는 스스로 이 모든 것을 너무 쉽게 받아들이고 있지는 않나, 생각했다. 어쩌면 이자를 죽이고 달아나야 할지도 모른다. 이자는 나를 발견한 유일한 사람이다. 어쩌면 함정일지도 모른다. 우리가 여기 앉아 있는 사이 경찰이 올지도 모르지. 요즘엔 '경찰'이라는 말 대신 다른 말을 쓸지도 모르지만. 랜트리는 맥클루어를 보았다. 아니다. 이자는 경찰을 기다리는 게 아니다. 다른 것을 기다리고 있다.

맥클루어는 말하지 않았다. 그는 랜트리의 얼굴을 보았다가 손을 보았다. 한동안 느긋하게 랜트리의 가슴을 보았다. 그리고 술을 한 모금 들이켜고 다시 랜트리의 발을 보았다.

마침내 맥클루어가 말했다.

"그 옷은 어디서 났습니까?"

"어떤 사람한테 부탁했더니 이걸 주더군요. 정말 친절한 분이었습니다."

"이 세계 사람들은 다 그렇습니다. 뭐든 부탁만 하면 되지요."

맥클루어는 다시 입을 다물었다. 그의 눈동자가 이리저리 움직였다. 오직 눈동자만 움직일 뿐 다른 곳은 움직이지 않았다. 가끔 술잔을 들어 홀짝였다.

어디선가 작게 시계 소리가 들렸다.

"당신 이야기를 좀 해보세요, 랜트리 씨."

"할 말이 별로 없습니다."

"겸손하시군요."

"아닙니다. 당신은 과거에 대해 알지만 저는 미래에 대해 아는 게 없습니다. 아, 미래가 아니라 '오늘' 그리고 그저께라고 해야겠군요. 관 속에 있을 때는 별로 배운 게 없습니다."

맥클루어는 입을 다물었다. 그는 갑자기 의자에 앉은 몸을 앞으로 쑥 내밀었다가 다시 뒤로 기대앉아 고개를 흔들었다.

절대로 나를 의심하지는 못할 거야. 랜트리는 생각했다. 이들은 미신을 믿지 않는다. 죽은 자가 걸어 다닌다는 사실을 아예 믿지 못한다. 그러므로 나는 안전할 것이다. 신체검사를 계속 미룰 것이다. 이들은 정중하므로 강요하지 않을 것이다. 그런 다음 화성에 갈 수 있도록 일을 꾸밀 것이다. 화성의 무덤에서 나만의 시간을 보내며 계획을 세울 것이다. 아, 이토록 간단한 것을. 여기 사람들은 얼마나 순진한가.

★

맥클루어는 5분 동안 가만히 앉아 있었다. 그의 몸에 냉기가 훅 끼쳤다. 낯빛이 서서히 하얗게 질렸다. 주사기 맨 위를 누르면 그 안에 든 약물 색깔이 스르르 빠져나가는 것을 볼 때와 비슷했다. 그는 아무 말 없이 앞으로 몸을 내밀어 랜트리에게 담배 한 개비를 더 권했다.

"고맙습니다."

랜트리는 담배를 받았다. 맥클루어는 안락의자에 몸을 깊숙이 묻고 다리를 꼬고 앉았다. 랜트리쪽은 보지도 않았다. 아슬아슬하게 무게중심을 잡는 팽팽한 긴장감이 되돌아왔다. 맥클루어는 다른 사람은 들을 수 없는 소리를 듣는 키가 크고 메마른 사냥개 주인 같았다. 개만 들을 수 있는 소리를 내는 작은 은제 호루라기가 있는데, 맥클루어는 눈과 반쯤 벌린 마른 입, 바싹 말라 숨을 쉴 때마다 아픔이 느껴지는 콧구멍으로 보이지 않는 호루라기 소리를 향해 예민하게 귀를 세우고 있는 것 같았다.

랜트리는 담배를 빨고 또 빨았고 몇 번이고 담배 연기를 뿜고 또 뿜었다. 맥클루어는 붉은 털로 뒤덮인 호리호리한 사냥개가 빈틈없는 곁눈질로 귀를 쫑긋 세우고 보이지 않는 호루라기 소리를 감지하듯이, 눈코귀보다 더 깊숙한 두뇌를 통해서만 감지할 수 있는 아주 미세한 것들을 이해하려고 애쓰고 있었다.

방 안이 너무 조용해 담배 연기가 천장에 닿으면서 보이지 않는 소리를 낼 것만 같았다. 맥클루어는 온도계였고 화학자의 저울이자 귀를 세운 사냥개였으며 리트머스 종이이자 안테나였다. 랜트리는 움직이지 않았다. 어쩌면 지금의 긴장감도 지난번처럼 지나갈 것이다. 맥클루어는 한동안 한마디도 하지 않고 움직이지도 않더니 셰리주 병을 향해 고갯짓했다. 랜트리는 조용히 사양했다. 두 사람은 서로 바라보며 앉았다가 다시 고개를 돌렸다가 다시 보았다가 고개를 돌렸다.

맥클루어의 몸이 서서히 굳었다. 랜트리는 깡마른 맥클루어의 뺨 색깔이 점점 창백해지고 술잔을 잡은 손이 굳어가며 마침내 어떤 깨달음이 그의 눈동자에 확고하게 서리는 모습을 지켜보았다.

랜트리는 움직이지 않았다. 움직일 수가 없었다. 이 모든 과정이 너무도 매력적이라 다음에 또 무슨 일이 벌어질지 제대로 보고 듣고 싶었다. 지금부터 맥클루어의 일인극이 펼쳐질 것이다.

맥클루어가 말했다.

"처음에는 내가 목격한 최초의 정신병 사례라고 생각했습니다. 당신 말입니다. 저 사람은 자신을 굳게 믿고 있구나. 랜트리는 자신을 단단히 믿고 있어. 저토록 사소한 일까지 자신이 하라는 대로 하고 있다니, 미쳐도 단단히 미쳤구나, 이렇게 생각했습니다."

맥클루어는 꿈이라도 꾸는 것처럼 계속해서 말했다.

"저 사람은 일부러 코로 숨을 쉬지 않는구나, 생각했습니다. 그래서 당신의 콧구멍을 관찰했지요. 작은 코털이 한 시간 동안 단 한 번도 떨리지 않더군요. 그것만으로 충분하지 않았어요. 그건 내가 수집한 한 가지 사실에 불과했으니까. 그 정도로는 어림없지요. 저 사람은 일부러 입으로 숨을 쉬는구나. 그래서 담배를 주었더니 담배를 빨고 내뱉고 빨고 내뱉고 하는 동안 당신 코로는 어떤 것도 나오지 않더군요. 그래서 또 생각했지요. 괜찮아. 저 사람은 숨을 들이마시지 않는 거야. 그건 끔찍한 일인가? 의심스러운 일인가? 오직 입으로만, 입으로만 숨을 내쉬는 게? 그래서 나는 당신의 가슴을 봤습니다. 관찰했지요. 당신 가슴은 한 번도 오르내리지 않더군요. 아무런 일도 하지 않았습니다. 와, 저 사람은 저토록 자신을 굳게 믿고 있구나. 이 모든 일을 자신이 시키는 대로 하고 있구나. 나는 생각했습니다. 저 사람은 누가 보고 있지 않다고 생각할 때만 천천히 가슴을 움직이고 그렇지 않으면 아예 움직이지 않는구나."

말들이 멈추지 않고 꿈결처럼 조용한 방 안을 떠다녔다.

"그래서 당신에게 술을 권했지요. 당신은 마시지 않더군요. 그래서 나는 또, 저 사람은 뭔가를 마시지 않는구나, 하고 생각했지요. 그것은 끔찍한 일인가? 그래서 또 당신을 계속 지켜보고 관찰했습니다. 랜트리는 숨을 참고 있구나. 장난을 치고 있구나. 그런데 이제야 제대로 알겠습니다. 어떻게 알았는지 압니까? 방 안에 숨 쉬는 소리가 들리지 않더군요. 기다리고 기다렸지만 아무 소리도 들리지 않았어요. 심장 뛰는 소리도 폐가 공기를 마시는 소리도 들리지 않았습니다. 방 안은 지나치게 고요합니다. 사람들은 말도 안 되는 소리라고 하겠지요. 하지만 나는 알고 있습니다. 소각로에서부터 알았어요. 뭔가 다른 점이 있습니다. 한 사람이 침대에 누워 있는 방에 들어가면 그 사람이 눈을 들어 나를 보고 말을 건넬지 아니면 영원히 말을 하지 않을지 단박에 알 수 있습니다. 비웃어도 좋아요. 하지만 그런 건 곧바로 알 수 있는 법이죠. 잠재된 속성 같은 거예요. 인간이 들을 수 없는 호루라기 소리를 개는 들을 수 있는 것과 같아요. 너무 오래 그 자리에서 째깍거린 시계 소리를 아무도 알아채지 못하는 것과도 같습니다. 살아 있는 사람에게는 분명히 뭔가가 있기 마련입니다. 죽은 사람에게는 그 뭔가가 없기 마련이고요."

★

맥클루어는 잠시 눈을 감았다. 그는 술잔을 내려놓았다. 그는 잠시 기다렸다. 담배를 집어 들고 담배 연기를 내뿜었다가 다시 검은 재떨이에 내려놓았다.

"나는 이 방에 혼자 있습니다."

마침내 맥클루어가 말했다.

랜트리는 움직이지 않았다.

"당신은 죽었어요."

맥클루어가 다시 말했다.

"이성으로는 알 수 없습니다. 이것은 생각의 문제가 아니니까요. 이것은 감각과 잠재의식의 문제입니다. 처음에는 당신이 스스로 죽은 사람이라고 믿는다고 생각했어요. 자신이 죽었다가 살아난 뱀파이어라고 생각하는구나. 논리적이지 않습니까? 미신이 가득한 무지한 문화에서 살다가 수백 년 동안 묻혀 있던 무덤에서 일어났을 때, 자신을 뭐라고 생각하겠습니까? 논리적이죠. 이 사람은 스스로 최면을 걸고, 거대한 과대망상, 자기기만에 어긋나지 않게 신체기능까지 바꿔냈구나. 자신의 호흡을 지배하는구나. 내겐 숨 쉬는 소리가 들리지 않는다, 고로 나는 죽었다. 이렇게 스스로 명령을 내리는구나. 다만 마음속으로는 숨 쉬는 소리를 감지하겠지. 이 사람은 먹거나 마시는 것도 허락하지 않는다. 어쩌면 자는 동안 마음이 일부 깨어나 몰래 먹고 마시며, 깨어 있을 때 자신을 속이는 마음으로부터 이런 인간적인 면모를 철저히 숨기는 걸지도 모른다."

맥클루어는 마무리를 지었다.

"그러나 내 생각이 틀렸습니다. 당신은 미친 게 아니에요. 자신을 속이는 것도 아닙니다. 나를 속이는 것도 아니지요. 완전히 비논리적이고, 인정하고 싶지 않지만, 거의 두려울 지경입니다. 당신 때문에 겁이 난다고 하면 기분이 좋습니까? 아, 당신을 어떻게 분류해야 할지 모르겠군요. 당신은 정말

이상한 사람입니다, 랜트리. 당신을 만나게 되어 정말 기뻐요. 꽤 흥미로운 보고서가 될 겁니다."

"내가 죽은 사람이면 안 되는 이유라도 있습니까?"

랜트리가 말했다.

"범죄라도 되나요?"

"몹시 이상하다는 것만은 인정해야 할 겁니다."

"그렇더라도, 이게 범죄입니까?"

랜트리가 다시 물었다.

"우리에겐 범죄가 없고 법정도 없습니다. 우린 당연히 당신을 검사해보고 어쩌다 이런 일이 벌어졌는지 알아내고 싶을 뿐입니다. 이건 뭐랄까, 한순간 비활성 상태였다가 다음 순간 살아 있는 세포가 되는 화학물질과 같아요. 어떤 것이 무엇이 될지 누가 알겠어요? 당신이야말로 불가능 그 자체입니다. 사람을 미치게 만들만 하죠."

"검사가 모두 끝나면 나를 풀어줄 겁니까?"

"당신을 붙잡아두지는 않을 겁니다. 원하지 않으면 검사도 하지 않을 거고요. 하지만 나는 당신이 우리를 도와주길 바랍니다."

"도와드리겠습니다."

랜트리가 말했다.

"하지만, 하나만 대답해주십시오."

맥클루어가 말했다.

"아까 시체안치소에서 뭘 하고 있었죠?"

"아무것도 하지 않았습니다."

"내가 창고 안으로 들어갔을 때 당신이 뭐라고 말하는 소리를 들었어요."

"그냥 호기심이 동했을 뿐입니다."

"거짓말을 하고 있군요. 거짓말은 몹시 나쁜 일입니다, 랜트리 씨. 진실이 훨씬 좋아요. 진실은 당신이 죽은 사람이라는 것이고, 당신 같은 존재는 오직 하나이므로 무척 외로웠을 거라는 게 아니겠어요? 그래서 당신은 자기편을 만들려고 사람들을 죽였습니다."

"그걸 어떻게 알았습니까?"

맥클루어가 웃었다.

"이게 바로 논리라는 겁니다, 친구여. 좀 전에 당신이 정말로 죽은 사람이라는 것을 알게 되었으니까요. 당신네는 이런 걸 뱀파이어라고 부른다지요. 뱀파이어라니, 정말 우스운 이름이군요! 아무튼 진실을 알게 되면서 곧바로 당신을 소각로 폭발 사건과 연결 지을 수 있었습니다. 그전에는 당신과 연결 지을 이유가 전혀 없었지요. 그런데 일단 당신이 죽은 자라는 사실 하나로 퍼즐 조각이 맞춰지자 곧 당신이 느꼈을 외로움이며 증오, 질투 등 걸어 다니는 시체가 품을 수 있는 온갖 비속한 동기가 간단히 떠오르더군요. 소각로들이 왜 폭발했는지 알 수 있었어요. 게다가 당신이 시체안치소에서 했던 행동들을 떠올려보니 함께 일할 친구들을 찾고 있었다는 것까지 알 수 있었습니다."

"망할!"

랜트리가 의자에서 벌떡 일어났다. 그가 달려들자 맥클루어는 잽싸게 몸을 피했고 셰리주 병을 집어 던지며 뒷걸음질 쳤다. 랜트리는 바보처럼 맥클루어를 죽일 단 한 번의 기회를 날려버렸음을 깨닫고 낙담했다. 조금 더 일찍 나섰어야 했다. 먼저 나서는 것이야말로 랜트리가 지닌 단 하나의 무기요

안전범위였다. 살인을 생각조차 하지 못하는 사회라면 절대로 의심도 하지 않을 것이다. 그러므로 아무한테나 다가가 죽일 수 있다는 말이 된다.

"돌아와!"

랜트리는 칼을 휘둘렀다.

맥클루어는 의자 뒤로 갔다. 위험으로부터 달아나거나, 자신을 지켜야 하거나, 맞서 싸워야 한다는 생각 자체가 맥클루어에겐 새로웠다. 어느 정도는 그런 생각을 품고 있었지만, 아직 행운은 랜트리의 편이었다.

"오, 그러지 마세요."

맥클루어는 다가오는 남자와 자신 사이에 있는 의자를 꽉 붙잡았다.

"당신은 나를 죽이고 싶어 하는군요. 이상하지만 사실이에요. 나로선 이해가 안 됩니다. 당신은 그 칼이나 뭐로든 나를 베려고 하지만 그런 이상한 행동을 막는 것은 내 몫이로군요."

"죽여버릴 거야!"

랜트리가 불쑥 말을 뱉었다. 그리고 곧바로 자

신을 저주했다. 절대로 해서는 안 되는 말을 해버렸다.

랜트리는 의자 너머로 몸을 날려 맥클루어를 붙잡았다.

맥클루어는 매우 논리적이었다.

"나를 죽여봐야 당신한테 득이 될 게 전혀 없을 겁니다. 당신도 알지 않습니까."

두 사람은 서로를 붙들고 격하게 비틀거리며 몸싸움을 벌였다. 탁자가 넘어지고 물건이 떨어졌다.

"시체안치소에서 있었던 일, 기억합니까?"

"집어치워!"

랜트리가 소리쳤다.

"당신은 시체들을 일으켜 세우지 못했어요."

"상관없어!"

랜트리가 외쳤다.

"이봐요."

맥클루어는 끝까지 합리적으로 말했다.

"당신 같은 사람이 다시 나타날 일은 절대로 없을 겁니다. 당신 같은 사람은 쓸모가 없으니까요."

"상관없어! 내가 당신들을 모두, 남김없이 파괴할 거야!"

랜트리는 소리쳤다.

"그래서 뭘 어쩌려고요? 여전히 당신 곁엔 비슷한 사람이 하나도 없어 외롭기만 할 텐데요."

"화성에 갈 거야. 거긴 무덤이 있어. 거기 가서 나 같은 사람을 더 찾을 거야."

"아니요."

맥클루어가 말했다.

"어제 실행령이 떨어졌습니다. 화성의 모든 무덤에서 시체를 제거하고 있어요. 다음 주면 전부 화장될 겁니다."

두 사람은 함께 바닥으로 나동그라졌다. 랜트리는 두 손으로 맥클루어의 목을 졸랐다.

"제발⋯."

맥클루어가 말했다.

"아셔야 합니다. 당신은 결국 죽어요."

"무슨 소리야?"

랜트리가 외쳤다.

"당신이 우릴 모두 죽이고 혼자 남으면 당신도 죽을 거라고요! 그러면 증오가 죽어 사그라져요. 여태껏 당신을 움직여온 증오 말입니다! 다름 아닌 증오가! 질투가! 당신을 움직여왔어요. 그게 사라지면 당신도 죽어요. 당신은 불멸의 존재가 아닙니다. 심지어 살아 있지도 않아요! 당신은 그저 움직이는 증오 덩어리일 뿐이라고요!"

"상관없어!"

랜트리는 제대로 방어하지도 못하는 맥클루어의 목을 조르고 주먹으로 머리를 때리기 시작했다. 맥클루어는 죽어가는 눈빛으로 랜트리를 올려다보았다.

이때 앞문이 열리고 두 사람이 들어왔다.

"어, 뭘 하고 계십니까? 새로운 게임인가요?"

그중 한 사람이 말했다.

랜트리는 풀쩍 뒤로 물러나 달아나기 시작했다.

"그, 그래. 새로운 게임이야!"

맥클루어가 몸을 일으키며 말했다.

"저 사람을 잡으면 자네들이 이기는 게임이지!"

두 남자가 얼른 랜트리를 붙잡았다.

"우리가 이겼어요!"

"놔! 놓으라고!"

랜트리는 몸부림을 치며 두 사람의 얼굴을 마구 때려 피를 냈다.

"단단히 붙잡아!"

맥클루어가 외쳤다.

두 사람은 랜트리를 꼭 붙잡았다.

"꽤 격렬한 게임이군요."

한 사람이 말했다.

"무슨 게임이 이렇습니까?"

★

번들거리는 도로를 따라 딱정벌레차가 쉭쉭거리며 달려갔다. 하늘에서 빗방울이 떨어졌고 바람이 진초록색으로 젖은 나무를 뒤흔들었다. 차 안에서 반달 모양 운전대를 잡은 맥클루어가 말하고 있었다. 최면에 걸린 사람처럼 속삭이는 소리였다. 다른 두 남자는 뒷자리에 앉았다. 랜트리는 앞자리에 고개를 뒤로 젖히고 눈을 희미하게 뜨고 거의 눕다시피 앉아 있었다. 계기반 다이얼의 반짝이는 초록색 등이 그의 뺨을 비추고 있었다. 그의 입은 헤벌어져 있었다. 그는 아무 말도 하지 않았다.

맥클루어는 생명과 움직임에 대하여, 죽음과 움직이지 않는 것에 대하여, 태양과 위대한 태양의 소각로에 대하여, 빈 묘지에 대하여, 증오와 증오가 살면서 어떻게 진흙 인간을 살아 움직이게 하는지, 이 모든 게 얼마나 논리에 어긋나는지, 나지막이 논리적으로 말하고 또 말했다. 한 명은 죽은 자였고, 죽어 있었고, 죽어 있는 게 전부였다. 그는 죽지 않은 자가 되려고 노력하지 않았다. 자동차가 움직이는 도로 위에서 속삭였다. 비가 차창에 부드럽게 떨어졌다. 뒷자리 남자들은 조용히 대화했다. 이들은 어디로 가고 있는가? 당연히 소각로겠지. 담배 연기가 천천히 공중으로 올라가 휘감기고 연결되면서 잿빛 고리와 소용돌이를 이루었다. 한 사람은 죽은 자였고, 그는 그 사실을 받아들여야 한다.

랜트리는 움직이지 않았다. 그는 줄이 끊긴 마

리오네트였다. 그의 가슴과 눈동자에는 희미하게 빛나며 점점 꺼져가는 두 알의 석탄처럼 미약한 증오만 남았다.

나는 에드거 앨런 포다. 랜트리는 생각했다. 나는 에드거 앨런 포의 찌꺼기다. 나는 앰브로즈 비어스의 찌꺼기요, 러브크래프트라는 남자의 찌꺼기다. 나는 날카로운 이빨을 드러낸 잿빛 박쥐요, 네모난 검은 돌덩어리 괴물이다. 나는 오시리스요, 바알이요, 세트다.* 나는 '네크로노미콘', 사자의 서다.** 나는 화마에 휩싸인 어셔가다. 나는 붉은 죽음이다. 나는 아몬틸라도 술통과 함께 지하무덤 회벽 속에 갇힌 남자다. 나는 춤추는 해골이다. 나는 관이요, 수의요, 낡은 집 창문에 내리꽂히는 번개이다. 나는 텅 빈 가을 나무요, 덜컹거리며 들썩이는 덧문이다. 나는 갈퀴손 아래 누렇게 변한 책이

---

* 이집트 신화에서 오시리스는 악의 신인 동생 세트에게 살해당한 후 새 생명을 얻어 지하 세계의 통치자가 되었다. 바알은 고대 가나안에서 숭배한 풍요의 신이다.
** 《네크로노미콘》은 러브크래프트의 소설 속 크툴루 신화에 등장하는 가상의 책이다.

다. 나는 한밤중 다락방에서 울리는 오르간이다. 나는 10월의 마지막 날, 떡갈나무 뒤에 숨은 해골 가면이다. 나는 아이들이 코를 박고 한입 베어 물 수 있게 물 양동이에 띄워둔 독 사과다. 나는 뒤집힌 십자가 앞에 밝혀놓은 검은 양초다. 나는 관뚜껑이고 눈가리개고 검은 계단을 밟는 발자국이다. 나는 던세이니요, 마켄이요, 슬리피 할로우의 전설이다.* 나는 원숭이 발이요, 환상의 인력거다.** 나는 고양이와 카나리아요, 고릴라이자 박쥐다.*** 나는 성벽에 모습을 드러낸 햄릿 아버지의 유령이다.

이 모든 것이 바로 나다. 이제 마지막 남은 이것들은 소각될 것이다. 내가 살아 있는 동안은 그것들 역시 살아 있었다. 내가 움직이고 증오하며 존

---

* 던세이니는 톨킨, 러브크래프트 등 후세의 판타지, 호러, SF 작가들에게 큰 영향을 주었던 아일랜드 출신의 작가다. 마켄은 웨일스 출신 작가로 초자연적 판타지, 공포소설을 주로 썼다.
** 《원숭이 발》은 영국 작가 제이콥스의 괴담 소설이고, 《환상의 인력거》는 키플링의 괴담 소설이다.
*** 〈고양이와 카나리아〉는 극작가 월러드의 희곡집에 수록된 공포물이고 이후 영화로도 제작되었다. 〈고릴라〉는 1939년 제작된 공포영화다. 〈박쥐〉는 1926년 제작된 미스터리 스릴러 영화다.

재하는 동안은 그것들 역시 존재했다. 그것들을 기억하는 게 바로 나다. 나는 지금도 계속되고 있으며 오늘 밤 이후로는 계속되지 않을 그것들 전부이다. 오늘 밤 우리는, 에드거 앨런 포와 비어스와 햄릿의 아버지는 함께 소각될 것이다. 우리는 가이 포크스의 날의 석유와 횃불과 외침처럼 거대한 모닥불이 되어 활활 타오를 것이다.*

우리는 얼마나 크게 울부짖을 것인가. 세상은 우리를 깨끗이 없애버리겠지만, 우리는 가는 길에도 이 세상이 어떤 곳인지 말할 것이다. 공포를 깨끗이 지워버린 이 세계에 대해 떠들 것이다. 암흑 시대에서 온 검은 상상력은 어디로 가버렸느냐고 물을 것이다. 로켓의 시대이자 소각로 시대 사람들은 옛 10월의 오싹함과 기대감, 서스펜스를 짓밟아 뭉개고 불태워 다시는 돌아오지 못하게 파괴하고 말살했다. 이제 그 자리에는 두려움 없이 열리고 닫히는 문과 공포 없이 켜졌다 꺼지는 조명이

* 영국 의사당 폭파를 준비하다 발각되어 처형된 행동대장 가이 포크스의 처형일로 불꽃놀이, 모닥불 등 축제로 즐긴다.

들어섰다. 우리가 한때 어떻게 살았는지 기억할 수 있다면! 우리에게 핼러윈이 어떤 존재였는지, 에드거 앨런 포가 누구였는지, 병적인 암흑을 얼마나 찬미했는지 기억할 수만 있다면! 친구들이여, 우리 불타버리기 전에 아몬틸라도를 한 잔만 더 마시자. 이 모든 기억은 지구상 단 하나 남은 최후의 두뇌에 깃들어 있다. 그러므로 오늘 밤 온 세상이 죽어간다. 제발, 한 잔만 더.

"다 왔습니다."

맥클루어가 말했다.

★

소각로는 환히 밝혀져 있었다. 근처에서 나직한 음악이 들렸다. 맥클루어가 먼저 딱정벌레차에서 내려 반대편 문 쪽으로 돌아갔다. 그는 차 문을 열었다. 랜트리는 그 자리에 그대로 누워 있었다. 논리적으로 말하고 또 말했더니 천천히 몸 밖으로 생명력이 빠져나갔다. 그는 지금 눈동자에 희미한 광채만 남은 밀랍 덩어리에 불과했다. 미래 사람들처럼 논리적으로 말하고 추론했더니 생명력이 사라졌다. 그들은 그의 존재를 믿으려 들지 않았다. 그들이 품은 불신의 힘이 그를 얼어붙게 했다. 그는 팔도 다리도 움직일 수가 없었다. 그저 무감하고 차갑게 눈만 깜박이며 중얼거릴 뿐이었다.

맥클루어와 뒷자리에 탄 두 사람이 랜트리를 도와 차에서 내리게 하고 금빛 관에 넣고 바퀴차에 실어 따뜻하게 빛나는 건물 안으로 옮겼다.

나는 에드거 앨런 포다, 나는 앰브로즈 비어스다, 나는 핼러윈이다. 나는 관이요, 수의요, 원숭이 발이요, 환상의 인력거요, 뱀파이어다….

"그래요, 그래."

맥클루어가 조용히 말했다.

"알아요, 알아."

바퀴차가 미끄러졌다. 그의 몸 위와 옆에서 벽이 흔들리며 음악이 흘러나왔다. 너는 죽었다. 너는 논리적으로 죽었다.

나는 어서, 나는 거대한 소용돌이, 나는 병 속의 수기, 나는 구덩이, 나는 진자, 나는 고자질하는 심장, 나는 갈가마귀,* 이제 끝이다 이제 끝이야….

"그래요."

맥클루어가 옆을 걸어가며 조용히 말했다.

"알아요."

"나는 지하 묘지에 있다!"

랜트리가 외쳤다.

"그래요, 지하 묘지예요."

옆에서 걸어가는 한 남자가 말했다.

"나는 사슬로 벽에 묶여 있다! 여긴 아몬틸라도
가 한 병도 없잖아!"

랜트리는 눈을 감고 희미하게 외쳤다.

"그래요."

누군가가 말했다.

벌컥 불꽃의 문이 열렸다.

"이제 곧 누가 나를 지하실 회벽에 가둬버리겠
지! 나를 회벽으로 발라버리겠지!"

"그래요. 알아요."

---

* 모두 에드거 앨런 포의 작품에 등장하는 소재다.

누군가 속삭였다.

금빛 관이 소각로 잠금장치 안으로 미끄러져 들어갔다.

"누가 나를 벽에 가둔다! 농담 한번 대단하군! 우릴 보내줘!"

외마디 비명과 큰 웃음이 들렸다.

"우리도 알아요. 이해해요."

안쪽 잠금장치가 열렸다. 금빛 관이 불길을 향해 밀려들어 갔다.

"오오, 제발 살려줘, 몬트레소! 제발!"*

〈끝〉

* 에드거 앨런 포의 〈아몬틸라도의 술통〉에서 지하묘지 회벽에 갇히는 남자가 최후의 순간 친구에게 살려달라고 애원하는 말

옮긴이 이주혜

읽고 쓰고 옮긴다. 2016년 창비신인소설상을 받으며 작품활동을 시작했다. 지은 책으로 장편소설 《자두》《계절은 짧고 기억은 영영》, 소설집 《그 고양이의 이름은 길다》《누의 자리》, 산문집 《눈물을 심어본 적 있는 당신에게》, 옮긴 책으로 《우리 죽은 자들이 깨어날 때》《멀리 오래 보기》《여자에게 어울리지 않는 직업》《양귀비 전쟁》 등이 있다. 신동엽문학상을 수상했다.

지구에 마지막으로 남은 시체

초판 1쇄 발행 2023년 12월 20일

지은이	레이 브래드버리
옮긴이	이주혜
펴낸이	박은주
디자인	김선예, 이수정
마케팅	박동준
인쇄	탑프린팅

발행처	(주) 아작
등록	2015년 9월 9일 (제2023-000057호)
주소	07236 서울특별시 영등포구 의사당대로 38 102동 1309호
전화	02.324.3945-6 **팩스** 02.324.3947
이메일	arzaklivres@gmail.com
홈페이지	www.arzak.co.kr
ISBN	979-11-6668-750-1 03840